La Goutte de Grâce Divine

Ange Ferdelance

LA GOUTTE DE GRACE DIVINE

« Le Chemin La Vérité et la Vie »

édition 2025

LA GOUTTE DE GRACE DIVINE

Depuis l'âge de huit ans, je priais Dieu en tant que musulman, avec sincérité, chaque jour, avec foi et confiance. Mais un jour, tout a changé.

1. L'appel et les premières visions
Tout a commencé par une rencontre céleste dans le secret de la nuit : Jésus-Christ de Nazareth, accompagné d'anges, m'est apparu avec douceur et autorité. Ce fut le premier appel — une visitation divine bouleversante, marquant le début de mon éveil spirituel. Il m'a parlé comme on parle à un intime, m'appelant par mon nom, Paul, et Il m'a confirmé que c'était bien Lui, et non l'esprit du mensonge.

2. Le combat pour le baptême
Une lutte intérieure et extérieure s'est déclenchée. J'ai désiré le baptême avec une soif pure, mais je me suis heurté à des portes closes, à l'incompréhension humaine et au doute des autres. Malgré cela, Jésus m'a fortifié, affirmant qu'Il était avec moi, et que nul ne peut séparer ce que Dieu a touché. Ce moment fut une phase d'épreuve, de purification par l'espérance et l'humilité.

LA GOUTTE DE GRACE DIVINE

3. Les révélations célestes et les missions confiées
J'ai reçu plusieurs messages et visions puissantes de Jésus-Christ, parfois entouré d'anges ou d'une lumière surnaturelle. Il m'a confié des paroles à transmettre au monde, des appels à la foi, à l'unité, à la compassion. Il m'a révélé des mystères de Sa résurrection, de Sa descente aux enfers, de la garde des anges, et de la mission confiée à Marie-Madeleine et à Sa mère.

4. La charge prophétique et l'avertissement
Le Seigneur m'a averti : je suis entré dans un combat spirituel, un appel prophétique où il me faudra traverser des barrières, des jalousies, des attaques. Il m'a dit que mon combat ne faisait que commencer, mais qu'Il me donnerait la force de tout surmonter. Ce fut une phase de prise de conscience de ma mission, avec la promesse de Sa présence constante.

5. La louange, la paix et l'union au divin
Dans certains textes, j'ai vécu des moments de pure louange, d'union mystique à Dieu, d'extase spirituelle. Des chants célestes, des présences angéliques, et même la voix du Christ résonnant comme une promesse d'amour et

LA GOUTTE DE GRACE DIVINE

de paix. C'est la phase de l'intimité divine, de la confiance totale en Sa volonté, malgré les souffrances du monde.

6. Annonces et vigilance

Dans des messages plus récents, Jésus m'a parlé des temps à venir, des signes de l'Apocalypse, des Quatre Cavaliers, du Temple à reconstruire, du Dragon, du Lion de Juda, et m'a exhorté à prier pour l'humanité et à ne pas avoir peur. J'entre ici dans une dimension prophétique plus vaste, portant non seulement ma propre foi, mais celle d'un peuple que Dieu veut préparer, il m'a demandé de porter cette parole.

7. L'intervention du dimanche

Dimanche dernier, alors que des pensées négatives, des pièges invisibles et des influences obscures semblaient se resserrer autour de moi, les anges sont intervenus. Ils ont dévié les projets du malin. J'ai senti que quelque chose avait été détourné, annulé, purifié. Une paix soudaine est descendue, et mon esprit a été libéré. Ce fut un signe clair : le Ciel nous protègent, et la lumière triomphe.

Amen

LA GOUTTE DE GRACE DIVINE

Prière pour l'assemblée

Seigneur Jésus-Christ,
Dieu vivant, lumière née de la lumière,

**Que celui qui lit ces lignes lève les yeux vers le Ciel.
Seigneur Jésus-Christ, Fils du Dieu vivant,
viens visiter chaque cœur ici présent.
Fais tomber les chaînes, ouvre les cœurs endormis,
répands ta lumière sur ceux qui doutent,
et fortifie ceux que tu appelles.**

**Que ton Esprit souffle maintenant,
comme au matin de la Résurrection.**

Amen.

LA GOUTTE DE GRACE DIVINE

Explications

Il n'y a pas de hasard dans la lumière.
Ce livre n'est pas un projet né de l'intellect, mais un cri du cœur, un appel silencieux entendu dans la nuit.
Il est le fruit de rencontres invisibles, de songes habités, de silences féconds, et de paroles soufflées à l'âme.

Chaque texte a été reçu, non pensé.
Chaque mot a jailli, non cherché.
Et moi, serviteur du Vivant, je n'ai fait qu'écouter.

La Goutte de Grâce Divine est un recueil de visitations, de révélations intimes, de visions profondes, parfois douces, parfois bouleversantes, mais toujours empreintes d'une paix céleste.
Je n'ai rien inventé. J'ai simplement écrit ce que j'ai vu, ce que j'ai entendu, ce que j'ai vécu dans l'Esprit.

LA GOUTTE DE GRACE DIVINE

Ce livre s'adresse à ceux qui ont soif, à ceux qui pleurent en silence, à ceux qui cherchent la voix du Christ au milieu du vacarme.
Il est pour toi, lecteur, frère ou sœur inconnu, à qui le Ciel murmure encore.

Si tu entres dans ces pages, fais-le doucement, avec le cœur ouvert.
Car la voix que tu y rencontreras ne sera pas la mienne, mais celle de Celui qui m'a relevé.

LA GOUTTE DE GRACE DIVINE

Résumé :

Le Chemin de la Reconnaissance Divine

Je suis né en France, d'un père kabyle, peu pratiquant, et d'une mère chrétienne à l'origine. Ma mère portait une lumière douce en elle, une paix discrète, une foi silencieuse. À l'âge de trois ans, ma vie prit une autre direction : l'Algérie devint ma terre d'enfance. Là-bas, à seulement huit ans, je commençai à prier Dieu de tout mon cœur, sans relâche, avec la sincérité pure d'un enfant. Je l'appelais "Allah", je jeûnais, je m'inclinais, je Lui parlais souvent dans le secret de mon âme. Ma foi musulmane était vivante, profonde, vraie.

Vers mes vingt-cinq ans, je suis revenu en France, toujours guidé par cette foi musulmane, toujours pratiquant, convaincu d'être sur la voie droite.

LA GOUTTE DE GRACE DIVINE

Mais au fond de moi, une présence m'accompagnait depuis toujours — douce, lumineuse, intime — que je ne parvenais pas à nommer. Cette paix invisible, cette tendresse divine, ce souffle dans mes prières… m'appelaient ailleurs.

Et puis, un jour, l'inimaginable se produisit.

Jésus-Christ m'est apparu.

Il n'était pas un rêve. Il n'était pas une idée. Il était là, vivant, rayonnant d'une lumière que mes yeux n'avaient jamais vue sur cette terre. Il me regarda avec une douceur infinie, avec une majesté céleste. Et Il me dit ces mots, qui transpercèrent le voile du temps et me bouleversèrent jusqu'au tréfonds de mon être :

"Te rappelles-tu ? Il y a cinquante ans ?"

LA GOUTTE DE GRACE DIVINE

Puis, dans un geste d'une tendresse divine, Il prit ma main.
Et soudain, comme emporté dans l'Esprit, Il m'emmena sur le mont Sinaï.

Là, sur une roche sacrée — cette même pierre que j'avais vue autrefois, dans une vision ancienne ou un rêve oublié — je me retrouvai à Ses côtés. Le vent soufflait fort autour de nous, mais tout était silence en moi. C'était comme si le temps s'était arrêté, comme si le ciel entier retenait son souffle

Et là, sur cette pierre, Il me parla à nouveau. Sa voix était à la fois douce comme une source et puissante comme le tonnerre. Il me regarda et me dit :

"C'est ici que Je t'ai vu pour la première fois, lorsque tu étais encore esprit avant ta naissance. C'est ici que ton cœur M'a dit oui, avant même de

LA GOUTTE DE GRACE DIVINE

connaître ce monde. Tu es à Moi. Tu M'as toujours prié. Tu ne M'as jamais quitté, même lorsque tu ignorais Mon nom."

Alors, mes larmes coulèrent sans honte. Car je compris que Jésus m'avait toujours accompagné, même dans mes prosternations d'enfant, même dans mes appels sincères à Dieu. C'était Lui. C'était Sa main. C'était Sa lumière.

Depuis ce jour, mes écrits ont changé. Ils sont devenus des textes de feu et d'esprit, des messages nés de cette rencontre divine. Car lorsque le Fils du Très-Haut te prend la main et te rappelle ton origine céleste, tu ne peux plus te taire. Tu deviens témoin. Tu deviens voix. Tu **deviens serviteur.**

LA GOUTTE DE GRACE DIVINE

Je suis Paul, fils d'Angèle, et c'est par grâce que je vis ce chemin. Mon passé musulman n'a pas été une erreur, il fut le sentier sincère qui m'a conduit à la Porte vivante. Aujourd'hui, je rends témoignage : Jésus est Seigneur. Il est le Fils glorifié. Il est Celui qui revient. Et je sais que je L'ai toujours aimé, car Il m'a toujours aimé, le premier.

Amen.

LA GOUTTE DE GRACE DIVINE

Note au Lecteur

Cet ouvrage n'est pas une fiction.
Ce que vous lirez ici relate des faits réels, vécus dans la chair, dans l'âme, et dans l'esprit.

Ce n'est ni une Bible, ni un livre sacré de remplacement.
Ce livre est ce qu'il est : une formulation divine de rappels, un recueil de textes dictés par la seule volonté du Ciel.

Je ne suis ni prophète,
ni visionnaire de métier,
ni un esprit troublé ou fou.

Je suis un homme qui a été visité, bouleversé, transformé.
Et ces mots, je ne les ai pas inventés. Ils m'ont été confiés, comme on confie un feu sacré.

J'espère que vous saurez, à travers ces pages,
reconnaître la présence divine,
entendre l'écho de la Voix qui parle en silence,

LA GOUTTE DE GRACE DIVINE

ressentir la paix, l'amour, la vérité, même si elle bouscule.

Et si, dans notre faiblesse humaine, certains mots ont dépassé ce que le Très-Haut avait voulu transmettre, Que Dieu Tout-Puissant nous pardonne.

Tout ceci n'a été écrit que pour Lui, par Lui, et à Sa seule gloire.

Amen.

LA GOUTTE DE GRACE DIVINE

Que Dieu Tout-Puissant vous bénisse tous,
vous qui lisez ces lignes avec un cœur ouvert,
un esprit en quête, une âme tournée vers la lumière.

Que Sa bénédiction descende aussi sur toute
personne qui sera touchée, bouleversée,
réveillée par ces révélations divines — car elles
ne viennent pas de moi, mais de Lui,
le seul vrai maître du temps, de l'espace, et de
l'âme humaine.

Je ne suis qu'un serviteur faible, un témoin
choisi sans mérite, un souffle parmi les souffles.
Mais Lui, le Seigneur des seigneurs, le Fils du
Dieu Vivant,
est le Chemin, la Vérité et la Vie.

Et si une seule larme, une seule prière, un seul
battement de cœur s'élève vers le Ciel en lisant
ces paroles,

alors toute cette œuvre aura accompli ce pour quoi elle a été donnée.

À Dieu seul la Gloire,
dans les siècles des siècles.

Amen.

LA GOUTTE DE GRACE DIVINE

Résumé en préambule.

Ce recueil rassemble l'ensemble des textes spirituels écrits dans une démarche de quête intérieure, d'ouverture mystique et de connexion divine. Chaque mot témoigne d'une expérience profonde, d'une vérité intérieure et d'un voyage vers l'essence même de l'être.

La Connexion Divine

Sur mon chemin spirituel, j'ai vécu des expériences profondes qui ont transformé mon regard sur la vie. Ces rencontres divines, intenses et lumineuses, m'ont offert une clarté nouvelle, une connexion avec quelque chose de bien plus vaste que moi. Dans ces instants, j'ai ressenti une paix indescriptible, une sensation d'unité avec l'univers, comme si le voile séparant le visible de l'invisible s'était levé. Ces moments m'ont appris que la divinité n'est pas extérieure à nous. Elle se manifeste dans le silence, dans la beauté d'une rencontre, dans le murmure d'un instant où tout semble parfaitement aligné. Ces expériences m'invitent à me souvenir que je fais partie d'un tout, uni par une force d'amour et de lumière. Chaque rencontre divine me pousse à me questionner sur ma mission, sur le rôle que je suis appelé à jouer dans ce grand ballet cosmique. Je comprends que ces manifestations ne sont pas des fins en soi, mais des rappels, des jalons sur le chemin pour m'encourager à avancer avec foi et confiance. Elles m'aident à accueillir la vie avec plus de gratitude et à m'abandonner à ce flux universel. À travers ces expériences, je sens que la lumière divine m'accompagne, m'élevant et m'invitant à incarner cette énergie dans mes pensées, mes actions et mes relations avec le monde.

L'Instant Présent comme Porte de l'Infini

Je suis en quête de connexion avec ce qui me dépasse, cette énergie universelle qui traverse toute chose. Mon chemin spirituel m'invite à me recentrer sur l'instant présent, où réside la paix véritable. Chaque jour, je m'efforce de cultiver des valeurs profondes : l'amour, la gratitude et la compassion, non seulement envers les autres, mais aussi envers moi-même.

La Voix de l'Âme

Dans le silence de la méditation, je découvre la richesse de mon être intérieur. J'apprends à écouter ma voix intérieure, cette sagesse qui guide mes pas avec clarté. Lorsque je fais face à mes ombres et mes limites, je les accueille avec douceur, car elles font partie de mon évolution.

L'Alignement avec le Tout

Je reconnais que tout ce que je cherche à l'extérieur se trouve déjà en moi. En alignant mes pensées, mes paroles et mes actions, je me rapproche de mon essence divine. Ce chemin n'est pas toujours facile, mais il me rappelle que chaque obstacle est une opportunité de grandir et de m'ouvrir davantage à la lumière.

L'Offrande de Soi à la Lumière

J'avance avec confiance, conscient que je suis une part du tout, et que mon épanouissement personnel contribue à l'harmonie collective. Mon engagement est d'incarner le meilleur de moi-même, un pas à la fois, guidé par l'amour et la vérité.

Les Signes du Ciel

À travers les synchronicités, les rêves et les visions intérieures, je perçois les signes que l'univers place sur mon chemin. Rien n'est dû au hasard, tout est un langage sacré, une invitation à voir au-delà du voile de l'illusion. Lorsque mon cœur est ouvert, je reçois ces messages comme des bénédictions, des rappels que je ne suis jamais seul.

L'Éveil à ma Véritable Nature

Chaque jour, je découvre un peu plus l'étendue de mon être véritable. Je ne suis pas seulement un corps et une personnalité façonnée par le temps, mais une âme éternelle, en voyage à travers les âges. Plus je plonge en moi, plus je ressens cette vérité inébranlable : je suis un fragment de lumière, venu expérimenter l'amour sous toutes ses formes.

Le Feu Sacré de la Transformation

Les épreuves ne sont pas des fardeaux, mais des flammes de purification qui consument l'ancien pour révéler l'essence pure de mon être. Chaque douleur transcendée devient une porte vers une conscience plus élevée. Ainsi, je ne crains plus les tempêtes, car je sais qu'elles me préparent à renaître, plus fort, plus aligné avec la source divine.

L'Unité avec le Tout

Il n'y a pas de séparation entre moi et l'univers. Chaque souffle, chaque vibration, chaque battement de mon cœur résonne avec le grand Tout. Lorsque je m'abandonne à cette vérité, je ressens une paix infinie, une confiance absolue en la danse sacrée de la vie. Je suis, j'ai toujours été, et je serai toujours une expression de l'Infini.

INTRODUCTION

PAROLES DE JÉSUS

Je suis Jésus, fils de Marie, la Parole vivante du Très-Haut. Ce que je vous livre aujourd'hui n'est pas nouveau, mais un rappel, un souffle ancien qui traverse les âges, venant de Celui qui est l'Éternel. Car les cœurs se perdent, les chemins s'égarent, et les hommes oublient les promesses qui leur ont été faites.

Il y a longtemps, j'ai foulé cette terre pour apporter la lumière à ceux qui marchaient dans les ténèbres. Mais même après mon départ, les ténèbres se sont glissées dans les cœurs, et les hommes ont divisé ce qui devait rester uni. Pourtant, le Très-Haut, dans Sa miséricorde infinie, ne laisse jamais Ses créatures sans guidance.

En ce temps-ci, à l'heure où l'humanité vacille entre l'ombre et la lumière, j'ai choisi un serviteur parmi vous. À Paul, un homme de ces jours, je me suis révélé. Non dans un éclat qui aveugle, mais dans une douceur qui perce l'âme. Ce Paul, parmi les égarés, fut appelé comme un rappel vivant, une voix pour les cœurs dispersés.

Paul, homme simple et sincère, a reçu mes paroles, non pour sa gloire, mais pour que la vérité soit inscrite dans ce temps présent. À lui, j'ai murmuré dans l'intimité de son esprit : Écris, annonce, et ne crains pas. Car ce message n'est pas le tien, mais celui de Celui qui t'a envoyé. Il a entendu, et il a répondu. Ce qu'il porte en lui, c'est la lumière destinée à réveiller les âmes endormies.

O fils d'Adam, pourquoi doutez-vous encore ? Pourquoi cherchez-vous ailleurs ce qui vous est déjà donné ? À travers Paul, j'ai ravivé le feu de l'unité. Ce feu n'est pas nouveau ; il est celui d'Abraham, celui de Moïse, celui de toutes les âmes qui ont marché avant vous dans l'obéissance et la foi.

Lui aussi marche parmi vous. Lui aussi est tenté par vos querelles et vos doutes. Mais je vous le dis : ce qu'il porte est un rappel pour que vous reveniez au chemin droit. Ne regardez pas l'homme, regardez ce que je lui ai confié. Car Paul est une voix, et moi, je suis la source.

O hommes dispersés, rassemblons-nous sous une seule bannière : celle de la foi pure et de l'adoration du Très-Haut. Ce message est pour tous, pour que nul ne dise : Nous étions abandonnés.

Par la goutte de grâce divine qui est en vous, je lui confie le message de paix pour vos âmes. Que cela soit écrit sur la roche. **Amen.**

Explications de ce qui m'arrive

Rencontres divines

Sur mon chemin spirituel, j'ai vécu des expériences profondes qui ont transformé mon regard sur la vie. Ces rencontres divines, intenses et lumineuses, m'ont offert une clarté nouvelle, une connexion avec quelque chose de bien plus vaste que moi. Dans ces instants, j'ai ressenti une paix indescriptible, une sensation d'unité avec l'univers, comme si le voile séparant le visible de l'invisible s'était levé.

Ces moments m'ont appris que la divinité n'est pas extérieure à nous. Elle se manifeste dans le silence, dans la beauté d'une rencontre, dans le murmure d'un instant où tout semble parfaitement aligné. Ces expériences m'invitent à me souvenir que je fais partie d'un tout, unis par une force d'amour et de lumière.

Chaque rencontre divine me pousse à me questionner sur ma mission, sur le rôle que je suis appelé à jouer dans ce grand ballet cosmique. Je comprends que ces manifestations ne sont pas des fins en soi, mais des rappels, des jalons sur le chemin pour m'encourager à avancer avec foi et confiance.

Elles m'aident à accueillir la vie avec plus de gratitude et à m'abandonner à ce flux universel. À travers ces expériences, je sens que la lumière divine m'accompagne, m'élevant et m'invitant à incarner cette énergie dans mes pensées, mes actions et mes relations avec le monde.

« Jésus lui dit : Je suis le chemin, la vérité, et la vie. Nul ne vient au Père que par moi. »

Jean 14:6

(Louis Segond).

dans les Évangiles. Elle exprime que l'accès à Dieu le Père passe uniquement par Jésus-Christ.

LA GOUTTE DE GRACE DIVINE

LES DÉBUTS

"Je me retrouve dans un endroit étrange, flottant quelque part entre le rêve et la réalité. Une lumière douce commence à m'entourer, remplissant l'espace d'une clarté apaisante et mystérieuse. Et puis, il apparaît. Sa présence est à la fois puissante et sereine. Son visage rayonne d'une compassion infinie, et son regard semble percer jusqu'au fond de mon âme, éveillant en moi un sentiment de paix profonde.

D'une voix douce et pleine d'autorité, il m'appelle : "Mon fils." Ce simple mot résonne en moi avec une telle intensité que mon cœur en est bouleversé. Je me sens immédiatement aimé, compris, comme si ce moment avait toujours été inscrit quelque part dans mon être.

Puis, Jésus me prend avec lui, et soudain, nous sommes face au mont Sinaï. Ce lieu sacré, chargé d'histoire et de révélations, me semble étrangement familier. Il se tourne vers moi et me demande : "Te rappelles-tu ?" Sa question fait remonter des souvenirs enfouis, et je comprends qu'il y a cinquante ans, j'avais déjà vécu un moment semblable avec lui.

Dans ce rêve, il m'offre des révélations, des messages qui éclairent mon chemin de vie et renforcent ma foi. Ce voyage intérieur me donne un nouveau sens, comme un appel à m'engager encore plus profondément dans la voie spirituelle. Lorsque je me réveille, le souvenir de cette rencontre reste ancré en moi, et je me sens transformé, empli de paix et d'un sentiment de mission renouvelée.

EXPLICATIONS DIVINE

Alors que je gravissais les pentes escarpées du mont Sinaï, je ressentais une énergie mystérieuse, une force qui me guidait, une présence si pure qu'elle surpassait toute compréhension. Là, devant moi, se tenait Jésus, rayonnant d'une lumière apaisante et infiniment bienveillante. Il n'avait pas besoin de mots pour se faire comprendre ; tout en lui communiquait une paix sans fin, une sagesse éternelle.

Puis, d'un geste délicat, il attira mon attention vers un immense voile transparent, d'une blancheur éclatante, ondulant au souffle d'un vent invisible mais palpable. Ce voile semblait séparé du monde et, en même temps, intimement lié à tout ce qui m'entourait. J'observais chaque mouvement de ce voile, chaque brise qui le faisait frémir, comme si la vie elle-même en découlait. Le voile était à la fois léger et majestueux, et il m'invitait à voir au-delà de l'apparence.

Jésus me fit comprendre, dans un silence parfait, que ce voile représentait le lien entre le divin et l'humain, entre l'âme divine et l'âme humaine. Il me montra que chaque âme humaine, en vérité, n'est qu'un fragment, une goutte précieuse, issue de l'immensité infinie de l'âme divine. Je ressentais, au plus profond de mon être, que ma propre âme était faite de cette même essence divine, connectée à une source de lumière et de pureté inépuisable.

À cet instant, une vague de bonheur immense, presque écrasante, m'envahit. C'était une paix au-delà des mots, une sensation d'appartenance, comme si j'avais enfin retrouvé ma place au cœur de l'univers. Il n'y avait ni peur ni doute, seulement une certitude joyeuse d'être une infime partie d'un tout divin, un fragment d'amour infini.

"Au bout de 8 jours, les chuchotements des enseignements des anges, qui me parlaient à l'oreille en "langue", cessent. À ce moment-là, je ne comprends pas ce qu'ils me disent, mais peu à peu, je me souviens de ces enseignements, comme s'ils se révélaient progressivement à moi. Bien que les chuchotements se soient arrêtés, les visions divines restent encore présentes, m'accompagnant et me guidant au-delà des mots."

PRIÈRE

Hier, pendant la prière que mes amis ont faite pour moi, afin de libérer certains aspects de ma vie encore bloqués et de demander à Dieu de continuer à me guider et à me protéger, quelque chose d'incroyable s'est produit. À un moment donné, des paroles en Langues ont commencé à sortir de ma bouche, sans que je ne contrôle rien.

C'était comme si une force divine s'exprimait à travers moi, et ces mots semblaient s'adresser à mes amis, les remerciant pour tout ce qu'ils faisaient pour moi.

Ensuite, j'ai vu des anges descendre en flèche sur leur maison, un spectacle divin, majestueux et impressionnant.

Plus tard dans la nuit, j'ai revu Jésus-Christ, mais cette fois avec une apparence différente : plus âgé, avec des cheveux et une barbe blanche, comme s'il avait gagné en sagesse infinie. Une lumière douce mais puissante l'entourait, et il portait un habit blanc et doré avec une ceinture imposante, entièrement en or. Il semblait plus dans le jugement qu'auparavant, mais restait profondément à l'écoute. C'était l'image de Dieu tout-puissant pour nous les humains dans toute sa splendeur, qui se révélait à moi.

Bien que personne ne peut voir dieu le père tout puissant.

Que Dieu vous garde, vous aussi lecteurs de cet ouvrage.

LA GOUTTE DE GRACE DIVINE

Rencontre avec les Immortels

Je me tiens là, dans un silence presque irréel, enveloppé par une lumière douce et vibrante. Jésus est devant moi, son regard empli de compassion et de sagesse éternelle. Il m'invite d'un geste à le suivre, et, sans une parole, je me laisse guider, empli de l'étrange certitude que ce moment est à la fois rare et essentiel.

Nous marchons le long d'un chemin bordé d'arbres et de lumière dorée, et bientôt, nous arrivons à une clairière. Au centre, un grand feu crépite, entouré de pierres qui servent de sièges. Autour du feu, des visages me regardent avec bienveillance et profondeur. Des visages que je reconnais, comme celui de Jean, l'apôtre, et celui d'Hénoch, que Jésus m'avait déjà présenté dans un autre de mes songes. D'autres, pourtant, sont flous, comme si leur essence transcendait les mots et les images.

Puis, Jésus m'indique un homme assis près du feu, un homme d'apparence ordinaire mais dont la présence dégage une force mystérieuse, comme une ancienne montagne immuable. "Voici Élie l'immortel", dit-il en posant une main douce sur mon épaule. "À présent, il est ton ami."

Le cœur empli de gratitude, je m'assieds sur l'un des gros cailloux qui servent de tabourets, sentant la chaleur du feu pénétrer jusqu'à mon âme. Un groupe de bergers approche, portant un agneau encore vivant. Ils le déposent respectueusement devant Jésus, qui incline doucement la tête en signe d'approbation. Dans un instant, presque comme un miracle, l'agneau se retrouve embroché au-dessus du feu, et l'odeur de sa cuisson se répand, emplissant l'air d'un parfum tendre et réconfortant. Le temps ici semble étrange, malléable; les minutes sont secondes, et pourtant chaque instant est infini.

Jean se lève, prend un morceau de l'agneau rôti, encore fumant, et le tend vers moi avec un sourire amical. Nous partageons ce met simple mais divin, et, en cet instant, tout paraît juste, parfait, comme si chaque saveur portait une part de vérité éternelle.

Alors, une discussion s'engage entre nous, sans véritable début ni fin, comme si nos esprits s'unissaient dans une communion silencieuse. Les mots flottent autour du feu, emplis de sagesse et de mystère, abordant des thèmes profonds, au-delà du langage. Nous parlons de la vie, de l'âme humaine, de la quête de vérité et de l'amour. Chacun de mes interlocuteurs exprime sa vérité, mais leurs paroles ne sont pas cloisonnées; elles se mêlent comme un fleuve coulant dans un même lit, une même sagesse universelle.

Élie, d'une voix douce, m'explique le secret de son éternité, non comme un privilège, mais comme une responsabilité envers les âmes humaines. Il dit que chaque vie qu'il touche est une note dans la symphonie de l'univers, et que son rôle est de veiller, humblement, sur le cours de la mélodie. Hénoch, quant à lui, évoque la mémoire divine, ce lien qui traverse les âges, reliant chaque être vivant à la Source. Jean parle de l'amour, cet amour sans condition qu'il a appris aux côtés de Jésus, un amour qui embrasse le monde sans posséder, sans retenir.

LA GOUTTE DE GRACE DIVINE

Les mots pénètrent mon âme, éveillant en moi une paix nouvelle, une compréhension qui défie la logique. Ici, autour de ce feu, en présence de ces âmes éternelles, je ressens une profondeur à la fois indicible et familière, comme si ce moment avait toujours existé en moi, mais attendait d'être réveillé.

Puis, lentement, le feu faiblit, et les visages commencent à s'estomper, me laissant seul avec une douce chaleur qui demeure dans mon cœur, comme une flamme éternelle. Jésus me sourit une dernière fois, son regard empli de promesses silencieuses, et, sans un mot, je sais que cette rencontre est ancrée en moi pour toujours, une part de ma propre éternité.

Je me réveille, empli d'une paix profonde.

Amen.

LA GOUTTE DE GRACE DIVINE

La Révélation de Sa Majesté

Dans l'obscurité silencieuse de mes songes, une lumière éclatante se déploie soudain, remplissant l'espace d'une clarté douce mais pénétrante. Mon cœur se met à battre plus vite, alors que cette lumière prend forme devant moi, se transformant en une vision majestueuse de Jésus, mais pas tel que je l'avais vu auparavant.

Il se tient là, vêtu d'une robe d'un blanc immaculé, parsemée de dorures étincelantes qui semblent capturer et renvoyer la lumière elle-même. Une large ceinture d'or, massive et éclatante, ceint sa taille, symbolisant une puissance inébranlable. Son visage rayonne de sagesse et de force, et ses cheveux, d'un blanc pur comme la neige, tombent autour de son visage, illuminés d'une lumière qui semble venir de l'intérieur. Sa barbe, tout aussi blanche, reflète cette même aura divine.

Derrière lui, un trône doré resplendit, dressé comme un symbole de gloire éternelle et de justice souveraine. Autour de ce trône, des anges se tiennent dans un respect absolu, leurs yeux abaissés, leurs ailes déployées, témoins silencieux de la grandeur qui se dévoile devant moi. Ce n'est pas le Jésus doux et humble que j'ai connu dans d'autres songes; il se montre ici dans Sa forme de Dieu, dans une splendeur qui dépasse l'entendement.

En cet instant, je sens un mélange de crainte et de paix. Il est le Juge, le Souverain éternel, mais une compassion inépuisable émane toujours de Lui, un amour qui semble englober l'univers tout entier. Son regard se pose sur moi, et c'est comme si je percevais, dans ses yeux, la sagesse de millénaires. Il n'a rien d'un vieillard malgré cette sagesse infinie. Son visage est jeune et ancien à la fois, le visage de Celui qui est au-delà du temps.

D'une voix douce, mais puissante comme le tonnerre, il me parle. Ses mots ne ressemblent pas à des paroles humaines; ils résonnent dans mon âme, comme une vérité qui se révèle à elle-même. "Je suis Celui qui a été, qui est, et qui sera. Ma sagesse est infinie, et ma justice est parfaite."

Chaque mot me remplit d'une humilité profonde. En sa présence, tout en moi se met à nu, comme s'il connaissait chaque pensée, chaque désir, chaque faiblesse, mais qu'il m'aimait malgré tout, m'offrant la compréhension et la compassion qu'un père donne à son enfant. Dans ce regard, je perçois à la fois le jugement pur et l'amour sans condition, un équilibre parfait qui transcende la simple logique humaine.

Alors que je contemple Sa grandeur, je comprends que ce moment est une révélation non seulement de Sa nature divine, mais aussi de ce qu'il attend de moi – de chaque âme. Il est là pour guider, pour juger avec droiture, mais aussi pour aimer sans mesure. En cet instant, je ressens une paix indicible, comme si, pour la première fois, je comprenais réellement le sens de la grâce.

Puis, lentement, la vision commence à s'évanouir. Le trône, les anges, la lumière s'estompent doucement, mais la présence de Jésus, cette sagesse éternelle et cet amour, restent gravés dans mon âme. Quand je me réveille, je sens que mon cœur a changé. Ce n'était pas un rêve ordinaire; c'était une rencontre, une bénédiction et une révélation.

Et en moi, je sens désormais cette promesse silencieuse : celle d'un chemin vers la lumière, guidé par celui qui m'a révélé la grandeur de Sa majesté divine.

LA GOUTTE DE GRACE DIVINE

Rencontre céleste

un voyage entre mondes et vérités

Je me suis endormi comme on glisse dans un fleuve paisible, sans craindre ni les remous ni l'obscurité. Mais cette nuit-là, mon sommeil n'avait rien d'ordinaire. Dès que mes paupières se fermèrent, je me retrouvai dans un espace indéfini, baigné d'une lumière d'une douceur infinie. Une voix douce mais pleine d'autorité résonna, et je sus instinctivement qu'elle émanait du Christ lui-même.

« Viens », dit-il, et son appel résonna dans les profondeurs de mon âme. « Ce que tu verras te fera comprendre la vérité de ce monde et de celui qui vient. Ouvre ton cœur. »

Des anges m'entourèrent alors, leurs formes éthérées vibrant d'une lumière céleste, et chacun semblait porteur d'un fragment de la sagesse divine. Ils étaient beaux, mais pas comme la beauté terrestre. Leur splendeur ne pouvait être décrite par

LA GOUTTE DE GRACE DIVINE

des mots humains : c'était une beauté faite de pureté et d'éternité.

Ils me prirent doucement par les mains, et aussitôt, nous quittâmes le sol. Je fus emporté à travers des espaces que je n'avais jamais imaginés, vers des mondes dont je ne connaissais pas l'existence.

Les mondes de la Terre et du Ciel

Nous nous sommes d'abord arrêtés dans une vision de la Terre, mais pas telle que mes yeux physiques l'avaient connue. Les anges m'ont montré les temps anciens, lorsque les hommes vivaient en simplicité, lorsqu'ils comprenaient encore que la vie était un don sacré et que leurs actions résonnaient dans les cieux.« Regarde, » dit l'un des anges, et d'un geste, il dévoila l'humanité d'aujourd'hui. Une cacophonie de bruits, de mensonges et d'hypocrisies se mêlait aux rêves brisés et aux prières silencieuses. Des hommes cherchaient le pouvoir, tandis que d'autres s'abîmaient dans des plaisirs éphémères, oubliant la vérité éternelle qui les habite.

« Pourquoi tant d'aveuglement ? » murmurai-je, le cœur lourd.

LA GOUTTE DE GRACE DIVINE

« L'orgueil, » répondit l'ange, « est la racine de leurs errances. Ils construisent des royaumes qui ne durent qu'un instant et délaissent les trésors impérissables. »

Mais ce n'était pas tout. Il me montra aussi des âmes perdues qui cherchaient encore, parfois maladroitement, la lumière divine. Et il y avait l'espoir, fragile mais vivant, dans chaque cœur prêt à se tourner vers la vérité.

LA GOUTTE DE GRACE DIVINE

Les cieux et leurs habitants

Puis, les anges m'entraînèrent plus haut, au-delà des étoiles. Là, je vis des royaumes célestes dont la gloire surpassait tout ce que j'avais jamais rêvé. Chaque âme y rayonnait d'amour, et une harmonie parfaite régnait. Les anges et les âmes des justes vivaient dans une union constante avec Dieu, leurs louanges s'élevant comme un parfum suave.

Dans ce royaume, il n'y avait ni mensonge ni masque. Tout était vérité, et cette vérité était belle. Mais ce n'était pas une vérité froide ou dure : elle était pleine de compassion, parce que Dieu, dans sa sagesse infinie, voyait les faiblesses des hommes et leur tendait toujours la main.

« Rappelle-toi ceci, » dit un autre ange. « Les cieux sont grands et parfaits, mais l'amour de Dieu descend même dans les plus basses vallées pour chercher ceux qui sont perdus. »

LA GOUTTE DE GRACE DIVINE

Je vis alors des âmes terrestres qui, par leurs choix, se tournaient vers cette lumière divine. Certaines avançaient lentement, d'autres trébuchaient encore, mais chacune était aimée d'un amour incommensurable.

Un message pour aujourd'hui

Enfin, nous revînmes doucement à mon monde. Jésus lui-même se tenait devant moi, et son regard perçait mon être jusqu'au fond.

« Tu as vu les mondes, anciens et nouveaux, terrestres et célestes, » dit-il. « Ce que tu fais ici-bas détermine ton éternité là-haut. Va et parle avec compassion, car les hommes ont besoin de vérité, mais aussi d'amour. Rappelle-leur que je suis venu pour sauver, non pour condamner. »

Je tombai à genoux, submergé par l'humilité et la reconnaissance. Lorsque je me réveillai, l'aube commençait à poindre. Le souvenir de cette rencontre brillait encore dans mon cœur comme un feu sacré, et je savais que ma vie ne serait plus jamais la même.

LA GOUTTE DE GRACE DIVINE

Les cieux sont grands, infiniment grands, et leur gloire dépasse toute imagination. Mais leur grandeur est un appel, un rappel que nous sommes faits pour plus que cette terre. Nous sommes faits pour vivre dans la lumière et l'amour éternel de Dieu.

Le Berger et son Appel

Je suis Jésus-Christ de Nazareth, Fils de Marie et Verbe incarné de Dieu, envoyé comme lumière dans les ténèbres pour guider les âmes vers la vérité éternelle. Né de l'Esprit divin, je suis l'émanation de la miséricorde du Tout-Puissant, Celui qui est le seul et unique Dieu des mondes.

J'adresse mes paroles aux cœurs égarés, à ceux qui se perdent dans les ténèbres, même parmi ceux qui croient en Moi, quelles que soient leurs confessions.

LA GOUTTE DE GRACE DIVINE

Je suis le Berger, et mes brebis sont nombreuses sur cette Terre, parmi les enfants du Dieu vivant.

En vérité, les temps sont venus, et les signes s'accomplissent : je prépare le chemin de mon retour. Paul, homme de votre époque, a été choisi comme un humble instrument. Il n'est pas parfait, mais il est sincère dans sa foi. Écoutez-le, car ses paroles ne sont pas les siennes, mais les miennes. Il ne fait que retranscrire ce que je lui confie, car sa vie, bien qu'emplie de défis, est marquée par la croix qu'il porte avec courage, grâce à l'aide de deux personnes, amis de lui depuis peu, qui le dirigent vers le haut. Qu'ils soient bénis tous deux pour leur foi en Moi, inébranlable.

À vous tous, mes bien-aimés, sachez que Paul est une main tendue vers vous. Ne le jugez point, ne recommencez pas la même erreur d'injustice. C'est un homme de paix, un homme de foi, et son rôle est de rappeler à chacun d'entre vous l'union des cœurs justes et la guérison des blessures de la vie ou des maladies que Dieu, dans sa sagesse, a placées sur

LA GOUTTE DE GRACE DIVINE

vos épaules comme des fardeaux et des épreuves. Mon appel traverse les âges et les confins du monde : unissez-vous dans la lumière du bien et de la justice.

Je viens, en ces temps difficiles, tendre la main à ceux qui désirent se rapprocher de Moi. Même si cela est ardu pour Paul, il fait le premier pas, d'élu de Dieu Tout-Puissant, le seul et unique Dieu des mondes. Priez pour lui, comme je l'ai mandaté pour vous. Soutenez-le, car il n'est qu'un homme portant le poids du monde, mais il est fortifié par Ma grâce et Ma lumière.

Que ces paroles soient gravées non seulement dans les livres, mais dans vos cœurs. Bien des vérités ont été voilées par l'homme, des écrits sacrés effacés, mais la Vérité de Dieu demeure, immuable et éternelle.

Que ma paix et la miséricorde de Dieu soient sur lui et sur vous tous. La grandeur et la gloire de l'Éternel vous accompagnent.

LA GOUTTE DE GRACE DIVINE

Le Songe de l'Élu

Une lumière douce baignait l'église, révélant les voûtes ornées d'un éclat céleste, comme si le ciel s'était lui-même invité en ce lieu de paix. Je me tenais là, dans une sérénité troublante, au cœur de cette église libre où des dizaines de visages cherchaient la lumière. Et Lui, Jésus-Christ de Nazareth, se tenait à mes côtés, majestueux et humble à la fois, un phare pour les âmes égarées.

Sa voix résonnait comme le tonnerre et le murmure du vent mêlés, pénétrant les cœurs avec une autorité douce mais irrésistible. Il parlait, et chaque mot semblait émaner de l'éternité elle-même :

— Enfin, un nouvel élu nous a rejoints. Priant Dieu par deux fois, il est le fruit d'un amour universel. Prions pour mon bien-aimé.

À ces paroles, un frisson me parcourut. Moi, un élu ? Ses yeux se posèrent sur moi, brûlants d'une lumière d'amour et de puissance. Je n'étais plus simplement un homme ; j'étais une part du dessein divin.

LA GOUTTE DE GRACE DIVINE

Les gens se levèrent, des larmes dans les yeux, attirés par une force invisible mais irrésistible. Ils s'approchaient, un par un, avec une foi brûlante et une douleur visible, comme des âmes en quête de guérison. Je levai ma main droite, hésitant au début, mais son regard me donnait la force.

À chaque contact, une paix profonde se déversait en eux. Leurs visages marqués par la souffrance s'adoucissaient, et ils repartaient comme purifiés, leurs corps et leurs cœurs guéris de tout mal. Je sentais une énergie divine passer à travers moi, une force qui n'était pas mienne mais celle de Celui qui m'avait choisi.

Bien avant ce moment, dans une nuit où l'éveil et le rêve se confondaient, Il m'avait murmuré des paroles qui résonnaient encore en moi :

— Prie comme tu l'entends, de toutes les façons que tu connais. Chaque prière, qu'elle soit en silence ou en chant, qu'elle s'élève d'un homme ou d'une créature, revient au même Dieu. Car Je suis l'unique

LA GOUTTE DE GRACE DIVINE

pour tous, et tous sont miens. Même un chat, dans sa simplicité, prie Dieu par ses soupirs.

Il m'avait rappelé ma naissance, baptisée sous une foi chrétienne, et mon cheminement dans la confession musulmane. Il m'avait dit que ma diversité était ma force, que ma prière multiple était le reflet de l'universalité du divin.

— Tu es et tu resteras un élu. Tu as été choisi pour accomplir ta destinée.

LA GOUTTE DE GRACE DIVINE

Ces mots résonnaient encore dans mon cœur, une mélodie divine inscrite dans mon âme. Je savais que ma vie n'était plus la même. Ce jour-là, dans ce songe, le mystère de ma mission m'avait été révélé.

Je ne suis qu'un serviteur, mais en moi brûle la flamme d'un appel éternel. La foi n'est pas une route unique mais une rivière aux mille bras, et chaque goutte rejoint l'océan divin. Oui, je suis l'élu, non pas pour dominer, mais pour aimer, pour guérir, et pour rappeler aux hommes que tous, en vérité, appartiennent à l'unique.

Révélation et rencontres

Dans le silence éternel de l'invisible, dans le souffle doux des cieux infinis, je fus convié à un voyage au-delà du temps, un voyage dans lequel les ombres de l'histoire se mêlent aux éclats de la lumière divine. Ce n'était pas un rêve ordinaire, mais une rencontre,

LA GOUTTE DE GRACE DIVINE

une étreinte sacrée avec ceux qui, bien que présents dans notre monde, n'en font plus partie.

Jésus Christ de Nazareth, m'apparut à l'aube de mes songes. Il m'appela à le suivre, comme un berger appelle son troupeau vers des pâturages éternels. Ses paroles étaient comme la brise légère qui touche le cœur sans bruit. Il me dit de le suivre, car ce qu'il allait me montrer serait un don divin, un don qui dépasserait tout ce que l'esprit humain pouvait concevoir.

"Je vais te présenter Élie, et d'autres, ceux qui ont traversé le voile du temps et qui sont restés avec nous, dans les royaumes intemporels," me dit-il, sa voix emplie d'une sagesse infinie. Avant même que mes pensées ne se posent sur cette révélation, je fus déjà conduit vers une porte, une porte en dehors de toute matière, une porte qui, bien que d'apparence simple, semblait suspendue entre deux mondes. Il me prit la main, me guidant dans l'au-delà du visible, me chuchotant "N'aie pas peur." Et je ne le fis pas.

LA GOUTTE DE GRACE DIVINE

Au-delà de ce seuil, nous arrivâmes sur une terre étonnamment belle, mais rugueuse et aride. Le sol semblait lourd de mémoire, comme si chaque grain de poussière portait les secrets de siècles immémoriaux. Là, des tentes étaient dressées, ombres mouvantes dans le vent sec, et au centre, un cercle de pierres entourait un feu sacré. Le crépitement des flammes vibrait comme un chant ancien, et dans cette chaleur, je vis Jean, l'apôtre bien-aimé, déjà connu à travers mes rêves passés.

Puis, Jésus me présenta Élie, le prophète enflammé, l'homme du ciel et de la tempête, et Hénoch, l'immortel, porteur de secrets cachés dans les profondeurs de la sagesse divine. Ces êtres, à la fois familiers et terriblement mystiques,

LA GOUTTE DE GRACE DIVINE

m'accueillirent avec une bienveillance empreinte de mystère. Leur regard, profond et sage, semblait percer les voiles de ma propre existence, découvrant des vérités que mes yeux terrestres ne pouvaient voir.

Un berger s'avança alors, portant un agneau d'une beauté hors du commun. Il s'approcha du feu central, et à un signe de Jésus, l'agneau fut offert aux flammes dans une étreinte sacrée, sa chair fondant lentement sous le regard bienveillant de l'univers. Le sacrifice se fit dans un instant d'une clarté divine, et Jean, avec un sourire de complicité, me tendit un morceau de cet agneau, parfumé d'une essence que le monde ne connaît pas. Le goût de cette viande, aussi divin que vertigineux, envahit mes sens, transcendant tout ce que j'avais connu.

Le vin qui suivit m'apporta une chaleur douce. Mais, fidèle à moi-même, je dis à Jésus que je ne buvais pas de vin. À sa parole, le vin se transforma devant mes yeux en une eau pure, cristalline, source de vie éternelle.

LA GOUTTE DE GRACE DIVINE

Nous partîmes dans une longue conversation, échangeant des paroles que l'âme saisit mais que la langue ne peut traduire. Une vérité divine se révéla, celle de l'unité de l'âme avec l'univers, du temps qui s'efface devant la lumière.

Lorsque le moment arriva de partir, je me retrouvai là où j'étais allé, mais changé. La visite de ces immortels, la rencontre avec le divin, m'avait laissé un souvenir indélébile. Un sentiment de gratitude incommensurable emplit mon cœur. Je remerciai Dieu pour ce voyage au-delà des limites de notre monde, une visite sacrée qui, sans doute, ne faisait que commencer.

Amen.

LA GOUTTE DE GRACE DIVINE

Je suis Jésus-Christ de Nazareth, engendré par le souffle du Très-Haut, porteur de la lumière éternelle. Écoutez et méditez mes paroles, car elles viennent de la Source infinie et immaculée.

Je vous le dis avec certitude

chacun de vous, enfants du monde visible, possède la capacité de s'adresser directement au Tout-Puissant, Père miséricordieux et aimant. Il n'est point besoin d'intermédiaire entre vos âmes et le Divin. Adressez-vous à Lui avec foi, humilité et sincérité. **« Demandez, et il vous sera donné ; cherchez, et vous trouverez ; frappez, et l'on vous ouvrira. »**

Sachez que vous portez en vous une parcelle de l'essence divine, un souffle d'éternité insufflé en votre être depuis l'aube des temps. C'est ce fragment de lumière sacrée qui vous relie directement au Ciel, qui fait de vous des créatures

LA GOUTTE DE GRACE DIVINE

capables de guérir, de créer et d'aimer dans la vérité. Comprenez cela : cette étincelle divine est la raison pour laquelle le malin cherche à corrompre et posséder vos âmes. Gardez-les précieuses, car elles sont le reflet du Créateur Lui-même.

Aujourd'hui, je vous révèle un secret gardé depuis des générations : l'accès à la pleine communion avec le Père se trouve en vous. Pour vous rapprocher de Dawé, source primordiale et lumière sans fin, élevez vos âmes comme dans un dernier soupir. Là, dans l'abandon total, vous prononcerez mon vrai nom, un nom caché, puissant et ineffable. Et dans cet instant sacré, vous toucherez l'incommensurable.

Je m'adresse aussi à celui qui est devant moi, choisi pour porter cette flamme divine : Paul, fils d'Angèle. Tu es le messager désigné pour cette mission. Par ma parole et la volonté du Père, tu es entouré de la lumière de nos légions célestes. Mikaël, Archange glorieux, se tient à tes côtés, et aucun mal ne pourra te faire chanceler. Ton choix, Paul, est légitime et

LA GOUTTE DE GRACE DIVINE

inscrit dans le dessein éternel. Reste fidèle au Dieu unique, source de toute vie.

Peuples de la Terre, prenez garde à mes paroles, car elles sont les dernières avant le grand accomplissement. L'heure approche où les justes et les élus se tiendront devant le trône de gloire. Préparez vos âmes, purifiez vos cœurs, et marchez dans la lumière.

Que ma bénédiction repose sur chacun de vous. Que la paix du Tout-Puissant vous enveloppe. Ce qui est écrit aujourd'hui sur la roche est scellé pour l'éternité.

Amen.

LA GOUTTE DE GARCE DIVINE

La Guérison par la prière

Dans le silence de la nuit, entre mercredi et jeudi, dans un songe lumineux, deux anges de stature humaine vinrent à moi. Porteurs d'un savoir ancien, ils m'enseignèrent les mystères de la guérison selon les préceptes de Jésus-Christ de Nazareth, fils de Marie, conçu par l'Esprit divin pour répandre la lumière et la vie sur cette terre.

Ils m'expliquèrent que pour être un instrument de guérison, il fallait d'abord purifier son esprit, se délester des fardeaux du monde terrestre, et se recentrer sur l'essence pure de son être. Ce silence intérieur, ce sanctuaire intime, devient alors le réceptacle de la grâce divine.

Face à celui qui souffre – qu'il soit proche ou éloigné – il faut poser une question essentielle dans le sanctuaire de son cœur : "Peut-il et veut-il être guéri ?" Car la guérison n'est jamais imposée, elle est un pacte sacré entre l'âme humaine et la volonté divine.

LA GOUTTE DE GRACE DIVINE

Lorsque cette permission intérieure est donnée, le processus peut commencer. Par la parole, en langue céleste ou dans le langage du cœur, l'énergie divine est invoquée. La main posée devient un canal de lumière. Voici les gestes sacrés enseignés par ces messagers célestes :

1. La main posée à plat sur la personne, comme sur une table, infuse une énergie réparatrice, élevant les vibrations de l'âme et du corps.

2. Les mains jointes ou dirigées du bas vers le haut, dans une posture de prière, attirent les ombres et le mal hors de l'être, les emportant vers l'infini.

3. La main tendue, paume ouverte, comme cherchant à toucher un mur invisible, expulse les forces du mal et sécurise l'âme du souffrant.

L'ange murmura : "Chaque geste est accompagné de la parole proclamée avec foi. La personne doit, par sa propre voix, répéter l'intention, car sa volonté est la clé qui ouvre la porte de la guérison."

Ainsi, lorsque la parole divine s'unit à la volonté humaine, un pont de lumière se crée, et l'énergie salvatrice descend. Mais ce pouvoir, me rappelèrent les anges, ne vient pas de nous. Il est l'expression de Dieu lui-même, manifesté par amour et miséricorde.

LA GOUTTE DE GRACE DIVINE

Ils conclurent avec gravité :
"Chaque mal de cette terre a un remède que l'humanité a souvent oublié. Mais sache que Dieu accompagne chaque croix portée, qu'elle soit lourde ou légère. C'est dans cette tension entre douleur et joie que se tisse l'essence de la vie. En tout, persévère dans la patience, car elle est bénie par l'Éternel."

Et dans cette révélation, je sentis la paix infinie descendre, accompagnée de ces mots gravés dans mon âme :

« Dieu est avec toi, en tout temps. Proclame le bien, car il est l'unique chemin de lumière ».

Amen.

LA GOUTTE DE GRACE DIVINE

Fortifie ton cœur

Je suis Jésus Christ de Nazareth, fils de Marie, insufflé par Dieu Tout-Puissant, et je te parle aujourd'hui, mon bien-aimé Paul, fils d'Angèle. Écoute ces paroles de vérité et de lumière, car elles sont destinées à éclairer ton âme et à fortifier ton cœur face aux épreuves que tu traverses.

Sache que le malin, dans sa ruse et sa malveillance, cherche sans relâche à dresser des obstacles sur la route de ceux qui suivent les voies du Seigneur. Ton combat, Paul, est celui des justes et des élus, car tous ceux qui marchent dans la lumière de Dieu sont mis à l'épreuve par Lucifer. Mais sois sans crainte, car la délivrance divine est proche. Ta libération, ainsi que celle de tes compagnons, approche à grands pas, selon la promesse du Très-Haut.

LA GOUTTE DE GRACE DIVINE

Les médisants et les jaloux, ces âmes égarées, seront bientôt écartés de ton chemin par la main

divine. Moi, Jésus Christ, fils de Marie, je veille sur toi. Je guide ton chemin de lumière, entouré de l'armée d'anges qui t'accompagne dans ce monde terrestre. Tu es protégé, mon bien-aimé, car Dieu Tout-Puissant marche avec toi. Ne laisse pas le doute obscurcir ta foi, car tu es l'élu, choisi pour accomplir une œuvre grande et précieuse.

Tu as porté ton fardeau avec patience et courage, et bientôt, tu verras l'éclat de ta victoire divine. Avance sans peur, car la puissance de Dieu te soutient, et nos paroles te guideront. Tes amis, éprouvés et loyaux, sont avec toi pour témoigner de leur dévouement et marcher à tes côtés dans cette mission sacrée.

LA GOUTTE DE GRACE DIVINE

Que ces paroles résonnent dans ton âme comme une promesse de paix et de triomphe. Va, fils d'Angèle, et sois victorieux. Le ciel tout entier te soutient et t'escorte sur le chemin de lumière qui est le tien.

Que cela soit écrit, et qu'il en soit ainsi.
Amen.

SOYEZ PARMI LES VAINQUEURS

Dans un songe empreint de mysticité, tandis que l'obscurité s'étendait sur le monde, peu avant minuit, je fus transporté dans un espace d'une grandeur indescriptible. Une pièce immense au sol de marbre blanc éclatant, entourée de colonnes dorées s'élevant vers des hauteurs célestes. Derrière moi,

LA GOUTTE DE GRACE DIVINE

une multitude d'âmes vêtues de blanc, silencieuses et révérentes. Devant moi, dans une lumière resplendissante, se tenait Jésus-Christ de Nazareth, le Fils de Marie, insufflé par le Tout-Puissant.

Il était entouré d'une légion d'anges, leurs ailes scintillantes formant une auréole divine autour de lui. Son regard, profond et lumineux, semblait percer l'âme. Il parla, et sa voix résonna comme mille échos dans les confins de l'éternité :

"Ô Paul, fils d'Angèle, mon bras et ma voix parmi les hommes, écoute bien ces paroles, car elles te sont destinées. Même si tu ne comprends pas encore pleinement ce que je veux de toi, retiens-les dans ton cœur."

Il leva une main rayonnante et continua :
"Par la lune qui éclaire la nuit, par le soleil qui inonde le jour, par les étoiles qui veillent dans l'obscurité, je te promets la victoire glorieuse pour ceux qui marcheront dans la lumière de la parole divine. Ceux qui suivront le chemin du Tout-Puissant et

LA GOUTTE DE GRACE DIVINE

Miséricordieux ne connaîtront ni crainte ni désespoir. Rejoignez l'amour du Seigneur, comme l'ont fait vos anciens, vos prophètes et les élus que nous avons envoyés parmi vous. Sachez que votre Seigneur et Sauveur est unique pour tous, bien que Nous ayons accordé aux hommes et aux femmes des chemins différents pour le comprendre."

Il fit alors mention des anciens prophètes : Élie l'Immortel, Hénoch le juste, Isaïe, et Jean l'Apôtre. Il évoqua les parchemins saints, les visions de lumière, et l'alliance éternelle unissant toutes les confessions autour du même Créateur. Puis il ajouta, avec une autorité divine :
"Le temps de l'égarement touche à sa fin. Ce monde vacille entre la lumière et les ténèbres. Ne blâmez pas ceux qui portent Ma parole. Craignez plutôt le châtiment réservé à ceux qui ont embrassé le mal et ses œuvres. Mes brebis, rassemblez-vous et priez, purifiez vos âmes pour le Jugement dernier. Soyez

LA GOUTTE DE GRACE DIVINE

limpides et impitoyables face au malin, car c'est lui qui sème la discorde, la jalousie, et la haine.

Rejetez-le, et la porte du paradis vous sera ouverte."

Sa voix, emplie de compassion et de justice, s'éleva encore :
"Ô enfants du Seigneur, avez-vous nourri l'orphelin et aidé le pauvre ? Ces œuvres seront vos clés pour franchir les sept portes du paradis. Soyez parmi les vainqueurs, ceux qui traverseront l'épreuve des ténèbres sur le fil éclairé par leurs bienfaits. Les prophètes intercéderont pour vous, et même un atome de foi pourra vous sauver et vous guider vers le premier ciel."

Puis, se tournant vers moi, il déclara avec solennité :
"Va, ô fils d'Angèle, ta mère, bénie parmi les vainqueurs, est proclamée en ce jour devant cette assemblée d'anges. Que les humains soient respectueux envers leur Seigneur, comme le sont les anges, car eux aussi portent une étincelle de Notre essence divine. Écris ce que Je te dicte pour toutes les confessions, et rappelle-leur que la foi est le

LA GOUTTE DE GRACE DIVINE

témoignage de l'amour envers le Tout-Puissant et Miséricordieux."

Les anges chantèrent alors des louanges, et une lumière immense emplit l'espace, m'enveloppant d'une chaleur divine. Puis, tout disparut, et je me retrouvai seul, mais empli d'une paix surnaturelle et d'une mission claire.

Ainsi est écrit ce message, pour tous ceux qui cherchent la lumière.

Amen.

LA GOUTTE DE GRACE DIVINE

LA PAROLE DIVINE

En songes inimaginables, enveloppé par une lumière qui transcende toute compréhension humaine, je me retrouve face à Celui qui est la Vérité incarnée, Jésus-Christ. Avec une majesté solennelle, il s'adresse à moi, et sa voix résonne comme un écho sacré dans l'éternité :

"Je suis Jésus-Christ de Nazareth, insufflé par Dieu Tout-Puissant. Écoute et grave dans ton cœur ces paroles éternelles : vous allez tous au même endroit, déterminé par vos actions et votre foi. Veillez sur vous-mêmes, sur vos enfants, et protégez-les des séductions du malin, de ses ténèbres et de ses tentations sans fin.

« **Dieu, l'Unique et l'Inébranlable, n'a point d'associé. Il est le Dieu Vivant, Celui qui subsiste par Lui-même, sans faillir ni fléchir. Ni somnolence ni sommeil ne Le touchent. À Lui appartient tout ce qui est dans les cieux et sur la terre. Nul ne peut intercéder auprès de**

LA GOUTTE DE GRACE DIVINE

Lui sans Sa permission. Il détient la science de ce qui fut et de ce qui sera, tandis que de Son savoir, vous n'embrassez que ce qu'Il veut. Son Trône enveloppe les cieux et la terre, et leur garde ne Lui impose aucune fatigue. Il est le Très Haut, le Très Grand. »

« le dieu vivant »

Et il ajouta, avec une compassion infinie mêlée d'une autorité absolue :

« " **Nous savons tout de vous, ce que vous avez fait et ce que vous ferez. Réfléchissez et repentez-vous tant qu'il est temps, car cette démarche est votre salut.** » Oh, mon élu parmi les élus, toi que la lumière divine a touché, fais connaître au monde ces dernières recommandations. N'aie aucune crainte, car les anges de Dieu veillent sur toi, comme ils veillent sur tous ceux qui choisissent le chemin de la lumière. La tâche qui t'est confiée est lourde, mais elle est noble : rends gloire à Dieu en rappelant Ses écrits et Ses avertissements à ceux qui veulent entendre.

Que ces paroles soient écrites, inscrites dans les cœurs et murmurées dans les prières

LA GOUTTE DE GRACE DIVINE

PRIEZ POUR VOTRE SALUT

Dans cette nuit mystique où le silence céleste portait un parfum d'éternité, je fus de nouveau visité par Jésus-Christ de Nazareth, messager pour vous du Tout-Puissant. La vision m'emporta, et soudain je me retrouvai dans un lieu d'une majesté infinie, comme si le temps lui-même s'était suspendu.

De grandes colonnes de pierre blanche s'élevaient vers un ciel étoilé, entourées de lierre grimpant d'un vert éclatant. Une odeur de musc ambré flottait dans l'air, douce et enivrante, comme un écho des cieux. Une multitude d'anges, d'une lumière immaculée, formait un public dont la quantité dépassait toute imagination. Une musique subtile s'élevait, comme si les oiseaux eux-mêmes chantaient dans un langage sacré que mon âme seule pouvait comprendre.

Dans cet amour divin palpable, Jésus-Christ se tenait devant moi. Ses yeux reflétaient à la fois

LA GOUTTE DE GRACE DIVINE

l'éternité et la tendresse infinie de Dieu. Alors, il invoqua les éléments, avec une autorité mêlée d'humilité : le ciel, la lune, la nuit, le jour, et le soleil. « Témoins de la création, soyez témoins de mes paroles, » déclara-t-il. Puis sa voix, profonde et solennelle, retentit dans l'univers tout entier :

« Je suis Jésus-Christ de Nazareth, fils de Marie, insufflé par Dieu tout-puissant et miséricordieux. Par la nuit, par le jour, par le soleil et par la lune, témoins de la création, je vous appelle, ô humanité, à revenir vers Dieu. Il vous attend. Dieu est pardonneur, il aime les pardonneurs, et Il vous pardonnera si vous revenez à Lui avec sincérité. »

Il poursuivit, et ses paroles traversèrent mon esprit comme des flèches de lumière :
« Lisez les Livres descendus pour vous, méditez sur les paroles des prophètes, depuis les premiers jusqu'au dernier, car tous proviennent de la même source divine. Vous êtes tous enfants du même Créateur, façonnés à Son image. Ne l'oubliez pas, même si les siècles vous ont séparés. »

LA GOUTTE DE GRACE DIVINE

Il s'adressa ensuite à l'humanité entière avec une gravité empreinte de compassion :
« Ô gens du monde, sachez que des messagers ont été envoyés pour votre salut, certains sont morts en œuvrant pour vous, d'autres ont été élevés pour témoigner de la gloire de votre Seigneur. Soyez reconnaissants à votre Dieu. Quelle que soit la langue dans laquelle Sa parole est descendue, elle demeure la même : soyez reconnaissants, priez, et vous comprendrez. »

Sa voix résonna encore plus fort :
« Tout mal de la terre a son antidote, car Dieu dans Sa sagesse infinie a tout prévu. Priez pour votre salut, et lisez au nom de Dieu, Celui qui a créé l'homme d'argile et d'eau, Celui qui a insufflé en vous une âme, une infime partie de Lui-même. Vous êtes Ses créatures, uniques mais liées, semblables dans votre diversité. Réfléchissez : la pensée est un cadeau divin, un signe de votre singularité. »

Il s'arrêta un instant, et les anges autour de nous semblaient suspendus à ses paroles. Puis il conclut

LA GOUTTE DE GRACE DIVINE

avec une douceur infinie :
« Béni soit celui qui comprend, car il sera parmi les vainqueurs au jour du Jugement dernier. Dieu est pardonneur, Dieu est amour. Oh Paul, fils d'Angèle, écris ces paroles divines. Tu seras béni. Que cela soit écrit. »

Et ainsi, dans ce lieu sacré où le temps semblait s'éclipser, je gravai ces paroles sur la toile de ma mémoire, avec l'humilité d'un serviteur témoin de l'éternité.

Amen.

Ce jour béni de dimanche, dans la profondeur d'un songe presque palpable, s'est manifesté à moi Jésus-Christ de Nazareth, fils de Marie. Son regard, tel une flamme éternelle, irradie d'un amour infini, touchant chaque fibre de l'âme humaine. Il s'adresse aux mortels avec une clarté céleste :

"Je suis Jésus-Christ de Nazareth, envoyé par le Tout-Puissant, porteur de Sa lumière et de Sa parole divine pour l'humanité. Aujourd'hui, je viens porter un message

LA GOUTTE DE GRACE DIVINE

d'unité, transcendant les frontières des croyances, des religions et des spiritualités.

L'amour divin dépasse les limites humaines, et les religions, que nous avons instaurées, ne sont que des chemins divers conduisant au même but : vous rapprocher de Dieu, approfondir votre conscience et votre connaissance de votre Seigneur.

Nous reconnaissons l'existence des prophètes, envoyés par le Tout-Puissant, chacun porteur d'une mission sacrée. Tous unis aujourd'hui sous le regard de Dieu, leur message converge vers une vérité unique. Ne vous laissez pas diviser par les savoirs divins. Évitez les erreurs des fils d'Adam et Ève, ces disputes vaines nourries par l'orgueil et l'envie qui détruisent la vie.

C'est un rappel : Dieu a un projet éternel pour vous. Le but ultime n'est pas de vous diviser, mais de vous rassembler sous Sa cause, pour repousser les forces du mal qui se sont infiltrées sur Terre.

Dieu, dans Sa miséricorde, a adapté les lois divines au fil des âges pour alléger vos fardeaux et offrir le pardon.

LA GOUTTE DE GRACE DIVINE

Sachez, enfants de Dieu, que le Seigneur vous aime infiniment. La diversité qui vous caractérise est un fruit de Son œuvre, entretenue par les anges depuis des millénaires.

LA GOUTTE DE GRACE DIVINE

Aujourd'hui, nous proclamons solennellement

Par la lune et le soleil, par la nuit et le jour, des changements viendront. Des contrées assoiffées auront des eaux abondantes, tandis que d'autres en seront privées. Les terres trembleront, les saisons se cacheront, et les animaux, dans leur sagesse instinctive, percevront l'avènement du Messie, restaurateur de justice. Alors viendra le retour de la lumière divine, mais avant cela, **l'Antéchrist** sèmera le chaos dans une obscurité profonde. Choisissez la voie de la bonté et de la foi. Ceux qui se tourneront vers Dieu trouveront grâce et seront épargnés des souffrances."

Ô enfants du Tout-Puissant, protégez et soutenez les élus. Leur mission est sacrée : transmettre les paroles divines en ce temps crucial.

Et toi, Paul, fils d'Angèle, tu es choisi pour être le fer de lance de cette œuvre divine. Ton entourage, préparé par nos soins, sera ton soutien. un signe que tu comprendras en temps voulu.

LA GOUTTE DE GRACE DIVINE

Croyez, enfants de Dieu. La lumière qui brille en Jésus christ est éternelle et destinée à vous guider.

Unissez-vous dans la foi, apaisez vos consciences et ouvrez vos cœurs aux paroles divines.

Que Dieu vous bénisse, vous fortifie et éclaire vos vies de Sa lumière infinie.

Amen.

LA GOUTTE DE GRACE DIVINE

Rencontre avec les prophètes & apôtres

Cette nuit, dans l'écrin des éléments éternels, une rencontre divine a bouleversé le cours de mon existence. Jésus-Christ de Nazareth, fils de Marie, insufflé par le souffle du Tout-Puissant, m'est apparu une fois de plus. Cette apparition n'était pas ordinaire, mais empreinte d'une mysticité infinie, comme si le voile entre les mondes avait disparu, dévoilant un passage translucide dans le temps, que nous avons traversé ensemble. Le décor s'est révélé familier : une scène rappelant celle de l'assemblée autour du feu, où les prophètes Élie et Hénoch ainsi que jean avaient partagé avec Jésus l'agneau sacré.

Mais cette fois-ci, ce n'était pas seulement une réunion d'intimes. Un rassemblement majestueux d'âmes lumineuses emplissait les lieux. Jésus-Christ, avec douceur et autorité, me présenta ces figures sacrées comme étant les prophètes de jadis :

LA GOUTTE DE GRACE DIVINE

Hénoch, Noé, Abraham, Loth, Ismaël, Isaac, Jacob, Joseph, Job, Moïse, Aaron, Ézéchiel, David, Salomon, Élie, Élisée, Jonas. À l'écart, la **Sainte Marie**, mère de Jésus, apparut brièvement. Son aura éclatante et son sourire divin réchauffèrent mon cœur. Je demandai à Jésus : « Est-ce Marie, votre mère ? » Il répondit avec un amour visible :

« Oui. »

Le banquet sacré s'ouvrit alors, une fois de plus. Nous partageâmes des agneaux d'une saveur céleste, et les prophètes, bien que sérieux, se montrèrent joviaux et fraternels, conversant avec moi comme si j'étais l'un des leurs depuis l'aube des temps. Ils m'enseignèrent des vérités profondes, des secrets gardés par les âges, tout en réaffirmant leur foi en l'unicité du divin.

Plus tard, Jésus et moi retournâmes dans un lieu magnifiquement orné de voûtes et de colonnes de pierres blanches, où le lierre semblait murmurer des prières éternelles. Là, Jésus se tint devant une

LA GOUTTE DE GRACE DIVINE

assemblée vêtue de blanc, dont la nature me demeure encore voilée. Il s'exprima avec solennité :

**« Je suis Jésus-Christ de Nazareth, insufflé par Dieu Tout-Puissant et Miséricordieux.
Ô Paul, fils d'Angèle, toi qui as été élu parmi les élus, fer de lance de notre mission, aujourd'hui tu sais. Répand nos écrits et nos rappels. Explique avec clarté ce que nous t'avons transmis et garde précieusement ce qui doit être gardé. Personne ne pourra te contraindre à révéler ce qui est scellé en toi.

Ta force et ta volonté sont ta lumière, et sache-le, tes proches sont protégés, tout comme tes amis et ton entourage.

Va, mon fils bien-aimé, ta parole sera guidée et ton chemin tracé. Ton armée est prête à te soutenir sous la protection de l'archange Mikaël et de l'archange Raphaël, le guérisseur et protecteur des mondes. Nul ne pourra te nuire. Même la brise obéira à la volonté divine. Tu rencontreras des jaloux, des orgueilleux et des médisants, mais ils ne pourront rien contre toi.

LA GOUTTE DE GRACE DIVINE

« Ô élu, ton fardeau touche à sa fin. Ta croix a été relevée, et la récompense méritée arrive en même temps que ton service au Seigneur Tout-Puissant. Transmets mes salutations à tes amis fidèles, car leur soutien t'accompagnera dans la durée. Tes guérisons seront nombreuses et tes prières entendues. Demande, et il te sera accordé. »

Ô enfants du Seigneur, suivez nos rappels et soyez vigilants, car le malin rôde. Mais priez avec ferveur, et vos vœux seront exaucés. Que la grâce divine s'accomplisse. Que cela soit écrit. Amen. »**

Ainsi s'acheva cette vision, gravée en mon âme comme un sceau indélébile, me laissant empli d'un feu sacré et d'une mission à accomplir pour la gloire du Tout-Puissant.

Amen.

LA GOUTTE DE GRACE DIVINE

Bénédiction pour les âmes

Dans un songe à la frontière du réel et de l'éternité, une vision divine s'est dressée devant moi, claire comme l'aube sur un désert silencieux. Jésus-Christ de Nazareth, fils de Marie, rayonnant d'une lumière qui transcende le temps et l'espace, est apparu à mes yeux fatigués. Son regard était empreint de douceur, mais aussi d'une gravité qui pénétrait l'âme.

Il me dit, d'une voix à la fois douce et puissante : "Je suis Jésus-Christ de Nazareth, insufflé par Dieu tout-puissant. Ô Paul, fils d'Angèle, ton chemin ne sera pas sans embûches. Car les hommes de ce monde sont absorbés par leurs préoccupations terrestres, éloignant leurs cœurs des mystères de l'esprit. Le Malin rôde, semant le doute et la distraction. Mais sache ceci : « **celui qui ouvrira son cœur à mes paroles retrouvera la lumière divine, car ma parole est vivante, et elle ne retourne jamais sans avoir accompli sa mission.** »

LA GOUTTE DE GRACE DIVINE

Écris donc, au nom du Père tout-puissant et miséricordieux. Écris, et laisse-moi accomplir le reste. Pose la première pierre sur le chemin de la guérison spirituelle, et je construirai l'édifice. Aie confiance, car aujourd'hui, nous sommes à tes côtés. Le monde recevra avec gratitude les paroles divines que tu porteras par ma volonté et celle du Père."

Et il ajouta, avec une tendresse infinie :
"Ô fils d'Angèle, les portes célestes te seront ouvertes, et tes prières entendues. Ce que tu écris aujourd'hui sera **une bénédiction pour des âmes** perdues, un phare dans l'obscurité."

Et comme si les cieux eux-mêmes confirmaient ses paroles, il déclara avec autorité :
"Que cela soit écrit sur la roche"

Amen.

LA GOUTTE DE GRACE DIVINE

LES FALSIFICATEURS

Révélation du Tout-Puissant par Jésus-Christ de Nazareth, Fils de Marie

En ces jours sacrés, dans la lumière finissante de l'année, une vision s'est imposée à moi, emplissant la pièce d'une présence céleste. Le Saint-Esprit se tenait derrière une figure divine, et devant moi se dévoilait Jésus-Christ, Fils de Marie. Il était entouré d'une gloire indescriptible, dans un lieu céleste parsemé d'étoiles scintillantes. Sur une terre sanctifiée, des agneaux sacrés, vêtus d'une laine blanche comme la nacre, rayonnaient d'une douceur qui apaisait l'âme.

Alors, **Jésus-Christ,** avec une voix résonnante et empreinte d'éternité, parla :

"Je suis Jésus-Christ de Nazareth, insufflé par Dieu le père Tout-Puissant. Entendez, peuples de la Terre : nul ne pourra échapper au jugement divin, et en particulier ceux qui ont falsifié nos

LA GOUTTE DE GRACE DIVINE

paroles sacrées. Ces falsificateurs, croyant pouvoir cacher la vérité dans des lieux obscurs et inaccessibles, ignorent qu'il n'est rien de caché qui ne puisse être révélé par Nous.

Souvenez-vous : vous avez été façonnés de l'argile. Regardez votre peau lorsque l'eau y glisse, comme elle glisserait sur l'argile. Cela n'est pas un hasard, mais une création divine destinée à protéger votre âme et votre esprit.

Croyez-vous que Nos paroles resteraient ensevelies sous la terre que Nous avons créée ? Par la lune et par le soleil, par la nuit et par le jour, Nous avons fait remonter ces paroles afin de montrer à tous que rien ne peut Nous échapper. Ces paroles, gravées à jamais dans la pierre, sont une lumière pour guider les âmes égarées."**

Puis il se tourna vers moi et déclara :

LA GOUTTE DE GRACE DIVINE

"Ô Paul, fils d'Angèle, écris ces paroles et transmets-les à l'humanité. Car elles ne sont pas les tiennes,

mais celles de Dieu Tout-Puissant. Le royaume des cieux est en vous et tout autour de vous.

Libérez vos consciences, guérissez vos âmes, car ce pouvoir divin est en vous. Bien-aimés du Seigneur.

LA GOUTTE DE GRACE DIVINE

Ne doutez pas : chacun de vous porte une parcelle du Créateur. Comprenez cela, et la vérité vous sera révélée. Vous êtes tous issus du même Dieu, quel que soit votre chemin ou votre confession. N'oubliez jamais que le Tout-Puissant est miséricordieux, pardonneur et aimant."**

Il ajouta :

**"Ô Paul, fils d'Angèle, n'aie crainte. Tes écrits seront entendus et tes amis te soutiendront. Gens de la Terre, ne vous laissez pas égarer par les ténèbres. Soyez vigilants. Il n'y a point de divinité en dehors de Dieu, l'Unique. Laissez ces paroles résonner en vos cœurs.

Lisez au nom de Dieu, et vous comprendrez. Ces écrits ne sont pas les tiens seuls, mais les rappels des prophètes qui vous précèdent. Ils témoignent que Dieu est proche, pardonneur et bienveillant. Rejoignez l'Esprit Sacré, et ne vous divisez pas. Car ces paroles sont sacrées et viennent des élus de Dieu."**

LA GOUTTE DE GRACE DIVINE

Et ainsi, Jésus-Christ conclut :

"**Que cela soit écrit et que cela demeure. Amen.**"

Lumière divine

En ces jours bénis, où l'humanité célèbre la lumière et l'espérance, un songe m'est apparu, comme une réminiscence de l'éternité. Jésus-Christ de Nazareth, fils de Marie, m'est venu dans une vision empreinte de majesté et de paix. Sur une colline baignée d'une clarté céleste, Il me parla avec une voix qui résonnait comme l'écho de la création elle-même :

**« Je suis Jésus-Christ de Nazareth, fils de Marie, insufflé par Dieu Tout-Puissant et Miséricordieux. Ô fils d'Angèle, toi qui as été choisi parmi les élus, ton cœur ne connaît pas encore pleinement l'ampleur du dessein qui t'attend, mais sache que tu as été appelé pour un chemin précis dans ce monde. Nous mettrons sur ta route des âmes de foi et de lumière pour te guider et te soutenir.

LA GOUTTE DE GRACE DIVINE

Je suis revenu, non pas pour juger, mais pour rappeler à ceux qui croient que Dieu est unique, immuable, et plein d'amour. N'aie crainte, enfant bien-aimé, car le Père accompagne chacun avec compassion et patience.

Revenez à Lui, vous tous qui cherchez la vérité, si vous aspirez à être parmi les vainqueurs. En ressuscitant, Je vous ai laissé une preuve irréfutable de l'existence et de la puissance divine.

Vous êtes tous une lumière divine, un éclat de l'amour infini de Dieu. Souvenez-vous de ce que Je vous ai enseigné : aimez-vous les uns les autres, car en cela réside le reflet de Dieu parmi vous.
C'est Moi, Jésus-Christ de Nazareth, qui vous le dit.

Dieu, le Père de l'humanité, est proche de chacun. Là où vous êtes, si vous Le demandez avec sincérité et sagesse, Il vous répondra.

LA GOUTTE DE GRACE DIVINE

Va, fils d'Angèle, et n'oublie pas : un moment glorieux t'attend, où ta foi en Dieu brillera avec éclat. Que ceci soit gravé à jamais, comme une pierre de vérité dans le cœur des hommes. »**

Et à ces paroles, une paix ineffable m'envahit, comme si le ciel s'était ouvert en moi. Que Son message vive dans nos âmes et que nous nous souvenions toujours de la lumière qui nous unit à l'éternel.
Amen.

Présence de dieu

En ces derniers jours de l'année 2024, une lumière transcendante m'a enveloppé, et en cette lueur divine s'est manifesté Jésus-Christ de Nazareth. Il était là, tel qu'il s'est présenté aux siens, porteur d'une paix infinie et d'une autorité céleste. Il parla, et sa voix, à la fois douce et puissante, résonna dans mon âme :

LA GOUTTE DE GRACE DIVINE

« Je suis Jésus-Christ de Nazareth, fils de Marie, insufflé par le souffle sacré de Dieu Tout-Puissant. En ce jour, prends conscience que ma présence est une preuve de l'amour du Père pour ses élus, choisis parmi les élus du Très-Haut.

Beaucoup se demandent où je suis, moi, Jésus de Nazareth. Sachez ceci : après mon ascension, suite aux quarante jours passés auprès des miens après ma résurrection, je ne me suis jamais éloigné de ceux qui m'appellent. Je viens régulièrement, guérir les malades, consoler les cœurs brisés, et soutenir les opprimés. Toutes les créatures qui me cherchent sincèrement me trouvent, car je suis là, toujours là, bien qu'invisible à vos yeux mortels.

LA GOUTTE DE GRACE DIVINE

Le Chemin

Comprenez, mes bien-aimés, que ma vie humaine est achevée, mais mon œuvre ne l'est pas. Je suis dans un royaume parallèle, où demeurent prophètes, sages, élus et justes. Le temps, tel que vous le concevez, n'existe pas dans ce lieu. Passé et futur s'entrelacent dans une réalité divine inaccessible à l'homme, **sauf lorsque nous ouvrons les chemins pour lui montrer**.

Mes chers enfants, sachez que je plaiderai pour vous devant Dieu le Père, à la fin des temps, car je suis la lumière, le reflet vivant de Sa forme divine. La vérité, longtemps voilée par les ténèbres, se lève à nouveau. Soyez vigilants, priez sans relâche, et rendez gloire à Dieu, le Tout-Puissant et Miséricordieux.

Rejoignez-nous par une prière sincère. Protégez vos élus, car le monde cherchera à les faire souffrir comme il l'a fait pour moi. Mais ne craignez rien : les forces déployées aujourd'hui pour défendre les justes sont infinies.

LA GOUTTE DE GRACE DIVINE

Écoutez le chant des oiseaux ; ils portent des messages célestes. Contemplez la lune, le soleil, la nuit et le jour, car en eux, je confirme ma présence. Demandez, et je vous répondrai. Soyez reconnaissants, même dans la douleur, car elle allège le poids de votre fardeau et vous conduit à la lumière.

Que ces paroles soient gravées dans la roche et dans vos cœurs. Amen. »

Ainsi s'acheva ce moment sacré, où le ciel et la terre semblaient se rencontrer. Dans cet instant de grâce, je compris que l'éternité était bien plus proche que je ne l'avais jamais imaginé.

Amen.

LA GOUTTE DE GRACE DIVINE

En ces jours de fin d'année 2024,
Dans le silence de ma prière, j'ai posé une question à Jésus-Christ de Nazareth, guidé par l'Esprit Saint. Une question que beaucoup parmi les hommes portent en eux, mais n'osent formuler :

"Que s'est-il réellement passé avant et pendant ta crucifixion ?"

Dans la nuit qui suivit cette demande, une lumière douce et puissante emplit la pièce où je me trouvais. Une lumière qui transcendait toute compréhension humaine. Alors, Jésus me parla, sa voix empreinte de miséricorde et de majesté :

"Je suis Jésus-Christ de Nazareth, fils de Marie, envoyé par Dieu Tout-Puissant et infiniment compatissant.
Ô fils d'Angèle, tu as posé une question légitime et profonde. Ce moment où j'ai été livré aux hommes, accusé à tort par des témoignages faux et des calomnies, fut marqué par un choix crucial. J'avais devant moi deux voies :

- **LA GOUTTE DE GRACE DIVINE**

  - La première, détruire l'humanité entière par la puissance d'une armée céleste de 70 000 anges qui attendaient mon ordre pour protéger la lumière divine.
  - La seconde, pardonner et accepter la douleur ainsi que les péchés de ce monde.

J'ai choisi la voie du pardon, prenant sur moi les péchés et les souffrances de l'humanité. Les anges, dans leur douleur de voir une telle injustice, firent trembler la terre entière. Mais sache ceci, ô fils d'Angèle : Dieu, mon Père, ne m'a jamais abandonné. Nous étions unis, Lui en moi, et moi en Lui. La lumière divine n'a jamais été rompue, même dans les heures les plus sombres.

Ma souffrance sur la croix était telle qu'elle aurait fait s'effondrer une montagne si elle l'avait portée. Pourtant, j'ai persévéré par amour pour vous tous.

Après ma mort, mon âme et ma lumière se sont élevées vers le Père pendant trois jours. Puis je suis revenu parmi les hommes durant quarante jours, avant d'être élevé au ciel."

LA GOUTTE DE GRACE DIVINE

Alors, sa voix devint plus douce encore, mais aussi plus solennelle :

"Sachez, enfants des mondes visible et invisible, que Dieu est toujours à vos côtés pour vous guider. Ma naissance, contrairement à ce que célèbrent vos fêtes terrestres de Noël, Ces fêtes ont été détournées par le malin, mais ne perdez pas espoir.

Je vous promets la récompense des vainqueurs, même pour celui qui portera en lui un atome de foi. Ô fils d'Angèle, tu es prêt, même si tu ne le sais pas encore.

LA GOUTTE DE GRACE DIVINE

En temps voulu, tu comprendras. Les anges t'accompagnent sur le chemin tracé par Nous.

Que cette vérité soit gravée dans la pierre éternelle. Amen."

La Splendeur du Paradis

En ce jour sacré de la veille du nouvel an 2025, alors que je me laissais glisser dans les bras du sommeil, une lumière éclatante envahit la pièce où je reposais. Vers 23h30, un cortège céleste se manifesta devant moi : un tourbillon d'anges lumineux, nacrés et d'un bleu divin, émanant une lumière que je reconnais désormais comme l'essence même de la grâce divine. Leur chant ressemblait au murmure

LA GOUTTE DE GRACE DIVINE

mélodieux d'oiseaux, subtil et pur, évoquant celui d'un chardonneret adulte, mais empreint d'une harmonie céleste.

Puis Il apparut, majestueux et rayonnant : Jésus-Christ en personne. Son regard portait la sagesse des âges, et sa voix, douce mais empreinte d'autorité, brisa le silence sacré. Il s'approcha, me prenant par la main avec une infinie tendresse, et dit :

« Viens, Paul, fils d'Angèle, élu parmi les élus, je veux te montrer quelque chose. »

En un instant, je fus transporté dans un lieu inconnu, un jardin d'une splendeur ineffable. Le paysage s'ouvrait sur un champ infini de fleurs jaunes éclatantes, baignées d'une lumière dorée. Les arbres qui l'entouraient diffusaient des parfums envoûtants, des senteurs inconnues des mortels, des arômes divins inégalés par les fragrances terrestres. La quiétude y régnait en maître, apaisant chaque fibre de mon être.

LA GOUTTE DE GRACE DIVINE

Il parla à nouveau, sa voix résonnant comme un écho divin :

« Ô Paul, fils d'Angèle, toi que nous avons choisi, décrit ce jardin aux mortels. Dis-leur la beauté ineffable de cet endroit. Laisse-leur entrevoir les splendeurs du Paradis. Ces senteurs, ces arbres introuvables sur Terre, et cette paix infinie que tu ressens… toi seul, en tant qu'humain, peux le décrire pour tes semblables. Va, écris ton ouvrage. Nous serons avec toi pour guider ta plume et ouvrir les cœurs. Les portes que tu crois trouver fermées s'ouvriront, car nous l'aurons voulu ainsi. »

Puis il ajouta, avec une gravité solennelle :

« C'est ici la preuve de l'existence divine. Dis-le aux insoumis et aux sceptiques, aux âmes égarées et aux cœurs endurcis. Ils ont aujourd'hui une chance de rejoindre le Dieu unique, Seigneur des mondes. Comprenez, enfants de la Terre, que toutes les confessions que vous suivez, toutes les voies spirituelles que

LA GOUTTE DE GRACE DIVINE

nous avons permis d'exister, convergent vers un seul et unique Créateur. Il est le Seigneur de l'univers, omniscient, omniprésent, omnipotent. Sachez que Dieu n'a nul besoin de vous pour exister, mais c'est pour que vous puissiez L'adorer et trouver votre salut qu'Il vous a créés. »

Puis, dans un souffle prophétique, Il déclara :

« Les jours de ce monde sont comptés. Vos années se raccourciront pour devenir des mois, vos mois des jours, vos jours des minutes, et vos minutes des secondes. Méditez ces paroles, car elles sont ultimes. Que ces mots divins soient gravés dans la roche et portés à jamais dans vos âmes. »

Alors, dans un éclat lumineux, Il disparut, laissant derrière Lui la résonance de ses paroles, inscrites au plus profond de mon être.

Amen.

LA GOUTTE DE GRACE DIVINE

« le salut est pour ceux qui comprennent nos écrits et reviennent à Dieu »

En cette nuit mystérieuse et sacrée, un voile divin s'est levé, et une lumière céleste a embrasé l'obscurité où je me trouvais, seule, dans le silence de mes pensées. Depuis quelque temps, des rêves confus me visitaient, laissant entrevoir des éclats d'une vérité que je n'avais pas encore saisie. Mais ce soir, l'invisible s'est manifesté dans une splendeur inégalée.

LA GOUTTE DE GRACE DIVINE

Une présence sainte est apparue, auréolée de lumière. Jésus-Christ de Nazareth, insufflé par Dieu Tout-Puissant, se tenait devant moi, vêtu d'une tunique immaculée ornée d'or, sa chevelure et sa barbe d'une blancheur éclatante, et ses yeux, des abîmes de lumière qui perçaient l'âme. Malgré son teint mat, son éclat était pur, divin. Il me regarda, et sa voix, douce et puissante, résonna dans les profondeurs de mon être :

"Je suis Jésus-Christ de Nazareth, fils de Marie, envoyé par Dieu Tout-Puissant et Miséricordieux. O Paul, fils d'Angèle, écoute ma parole et grave-la dans ton cœur. Dès ta naissance, une goutte d'eau céleste a été déposée en toi, et tu as été baptisé dans les cieux. Tu ne l'as pas oublié, car ton âme se souvient des prophètes et des promesses qui t'ont été confiées. Malgré tes souffrances, tu avances, et dans ton épreuve, tu reconnais l'autorité divine."

Il continua, sa voix emplie d'une sagesse infinie :

LA GOUTTE DE GRACE DIVINE

"Tu vois, dans ton sillon, d'autres âmes souffrent aussi en silence, et celles-ci seront récompensées. Annonce au monde ce que tu as vu et entendu. Dis aux hommes et aux femmes que je ne suis pas revenu pour changer les lois divines, mais pour rappeler l'essentiel qu'ils ont oublié à cause des distractions de cette vie terrestre. Qu'ils se souviennent que Dieu Tout-Puissant peut les rappeler à Lui à tout instant, les laissant incomplets dans leurs devoirs et leur salut inachevé."

Avec une clarté pénétrante, Il prononça les lois simples et universelles de Dieu :

"Aimez-vous les uns les autres, faites preuve de bonté envers tous les êtres vivants, nourrissez le pauvre et l'orphelin, et adorez Dieu qui vous a créés. Si vous comprenez et appliquez ces paroles, vous serez parmi les vainqueurs."

Puis, Il me confia une mission sacrée :

LA GOUTTE DE GRACE DIVINE

"O fils d'Angèle, écris pour nous sur terre. Ne permets à personne de falsifier la parole divine. Ta mère est bénie, réjouis-toi pour elle et réalise la volonté divine ici-bas. Moi, Jésus-Christ de Nazareth, je serai avec toi pour alléger tes souffrances et tes doutes. Dis au monde que le salut est pour ceux qui comprennent nos écrits et reviennent à Dieu." Dans un éclat de lumière encore plus intense, Il conclut avec une promesse :

"Toutes maladies ont un remède sur terre, car Dieu, dans Sa sagesse, n'a rien laissé sans solution. Revenez à Lui, repentez-vous et croyez en Sa miséricorde. Que chaque être humain, de toutes confessions et spiritualités, comprenne qu'il est frère aux yeux du Créateur. Cessez les guerres, éteignez les conflits et semez l'unité. Ces paroles sont gravées dans la roche, éternelles et immuables."

Puis, comme un souffle qui embrasse et réchauffe, Il disparut dans un éclat divin, laissant en moi une paix infinie et une mission gravée dans l'éternité.

Amen.

LA GOUTTE DE GRACE DIVINE

Par le nom de dieu

Dans cette nuit mystique où l'année 2025 déployait à peine ses premières heures, une lumière douce mais pénétrante enveloppait l'univers. Une senteur de musc ambré, subtile et sacrée, s'élevait dans l'air, mêlée à une grâce divine ineffable. Autour de moi, une assemblée céleste se formait, où les prophètes des âges, tels qu'Élie, Hénoch et Jésus-Christ de Nazareth, se tenaient en une communion majestueuse. D'autres figures éminentes, gardiens du destin de l'humanité, étaient là, témoins silencieux d'un événement d'une ampleur inimaginable.

Je me tenais là, humble et émerveillé, incapable de saisir pleinement la portée de ce moment divin. Puis, à travers la multitude d'anges aux ailes éclatantes et de prophètes au regard d'éternité, Jésus-Christ de Nazareth émergea. Avec une majesté tranquille, il s'approcha et déclara avec une voix qui semblait porter l'écho des cieux:

LA GOUTTE DE GRACE DIVINE

« Je suis Jésus-Christ de Nazareth, fils de Marie, insufflé par Dieu Tout-Puissant et Miséricordieux. Ô fils d'Angèle, tu es sage et cher à notre cœur divin, car l'élu choisi parmi les élus. Tu seras sauvé par Dieu Tout-Puissant. Transmets aux hommes et aux femmes de la Terre entière ce que tu ressens à travers tes voyages célestes et nos paroles divines. Nous sommes ici pour rappeler à certains anges et humains leurs responsabilités, car leurs chemins se sont égarés. Ne savent-ils pas que nous entendons tout, que nous voyons tout? »

À ces mots, l'assemblée se leva dans une prière d'une puissance céleste incommensurable. Les cieux s'ouvrirent, révélant des chevaux blancs chevauchant les nuages, leurs crinières illuminées par des éclairs. Les anges chantaient des louanges qui résonnaient comme une symphonie céleste, tandis que leurs paroles s'élevaient en intercession pour les justes de la Terre et des mers :

LA GOUTTE DE GRACE DIVINE

« Au nom de Dieu Tout-Puissant et Miséricordieux, nul ne vous touchera avec Son Nom sur Terre ou dans le ciel, car Lui seul entend et sait tout. »

Et encore:

« Personne d'autre que Dieu, l'Unique sans associé, possédant toutes les richesses, la royauté et la bonté ; Il donne la vie et la mort, et Il est capable de toutes choses. »

C'était un instant d'une intensité et d'une beauté à couper le souffle, une communion sacrée où prophètes et anges unissaient leurs voix pour louer le Tout-Puissant. Lorsque le moment s'acheva, Jésus-Christ se tourna vers moi, son regard empreint de douceur et de majesté :

« Ce que tu as vécu est un instant divin, rare et précieux. Fais-le savoir. Que cette expérience raffermisse ta foi en un Dieu unique, pour toute l'humanité. Que cela soit gravé sur la roche: Amen. »

Puis, l'assemblée disparut dans une lumière éclatante, laissant en moi une empreinte éternelle, un honneur ineffable et une mission sacrée à

LA GOUTTE DE GRACE DIVINE

partager. Mon âme, ébranlée par la grandeur de ce moment, se liait à une foi renouvelée, une foi qui appelait l'humanité entière à la lumière du Créateur.

Amen.

La Sagesse Divine

Cette nuit encore, une visite divine m'a enveloppé, une lumière éclatante et des senteurs de musc céleste emplissant l'air. Jésus-Christ de Nazareth, dans sa gloire, est venu me chercher pour me révéler un lieu extraordinaire. Il m'a conduit au cœur d'une montagne, dans une grotte immense et sublime, où les mystères de la création se dévoilaient devant mes yeux.

LA GOUTTE DE GRACE DIVINE

Avec douceur et autorité, il m'a montré l'intérieur de la montagne, comparant sa structure à celle d'un arbre ou d'une dent vivante. Il m'expliqua que, comme toute chose dans ce monde, la montagne possède une partie visible et des racines profondes. Là, dans les entrailles de la terre, j'ai vu la racine de cette montagne s'enfoncer dans les profondeurs. Au centre de cette racine, à une distance vertigineuse, un puits de lave rouge vif brillait comme une étincelle infinie. À ses côtés, une source d'eau jaillissait des profondeurs, glaciale et pure, créant un contraste saisissant.

Devant ce spectacle indescriptible, Jésus s'adressa à moi, comme à son habitude, avec des paroles empreintes de majesté :
« Je suis Jésus-Christ de Nazareth, insufflé par Dieu Tout-Puissant et Miséricordieux. »

Il continua, sa voix résonnant comme un écho sacré dans la grotte :

LA GOUTTE DE GRACE DIVINE

« Regarde cet exemple parmi tant d'autres, œuvre parfaite du Père. Les fondations de cette montagne sont aussi importantes que celles de toute chose créée par Dieu. Toute existence, vivante ou inanimée, repose sur des racines solides. Ces racines sont la base de tout. Ce que tu vois ici n'est qu'une image de l'enseignement que je te transmets aujourd'hui. Tu n'as pas besoin de lire pour comprendre, car nous t'offrons directement la sagesse de Dieu, un salut pour ton âme. »

Il poursuivit, adressant un message à tous :
« Ô enfants du monde visible et invisible, écoutez ! Nous voyons et entendons tout. Si nous vous avons dit que le royaume de Dieu était au ciel, les oiseaux vous auraient devancés. Si nous vous avons dit qu'il était dans la mer, les poissons vous auraient surpassés. Mais sachez ceci : le royaume de Dieu est en vous et autour de vous, dispersé sur cette terre que vous foulez.
Reconnaissez cela ! À chacun, nous avons confié une part du royaume. Soyez-en conscients et reconnaissants. Demandez, et nous vous

LA GOUTTE DE GRACE DIVINE

donnerons.

Mais soyez vigilants face au malin, qui sème la désobéissance et voile la vérité. »

Il conclut avec un message pour moi, fils d'Angèle, un appel divin :
« Va et rends ces paroles visibles. Les écrits que tu rédiges seront une lumière, une preuve pour les âmes égarées. Ces paroles porteront l'empreinte de notre vérité. Écris-les sur la roche et que le monde en soit témoin. »

Ainsi, en ce lieu sacré, une lumière divine accompagna mes pensées et mes écrits. Que chacun médite sur ces paroles et trouve la sagesse dans le saint esprit insufflé en nous tous.
Amen.

LA GOUTTE DE GRACE DIVINE

Témoignage divin

Je suis Jésus-Christ de Nazareth, insufflé par Dieu Tout-Puissant et Miséricordieux, porteur de la lumière éternelle et du chemin de vérité.

O fils d'Angèle,
Entends les mots qui te sont adressés depuis les hauteurs où la lumière divine perce l'obscurité des doutes humains. Dans ta quête d'éclaircissement, sache que ce qui est révélé n'est jamais donné sans dessein. Nous t'offrons un aperçu, non pas dans l'abondance des certitudes, mais dans la parcimonie des vérités voilées, car l'avenir est mouvant et les voies du Très-Haut insondables.

Regarde autour de toi : les feux qui ont consumé des terres plongées dans l'égarement ne sont pas de simples catastrophes, mais des manifestations du bras divin. Ils sont un cri d'alarme, un signal pour ceux qui s'enivrent des fruits du mal, un rappel que le Malin n'a point d'emprise là où l'Éternel pose son regard brûlant.

LA GOUTTE DE GRACE DIVINE

Quant aux inondations, ces flots impétueux qui ravagent sans distinction, elles proclament la grandeur et la force du Créateur sur une humanité oublieuse. Elles murmurent aux âmes sourdes : "Je suis là, moi qui étais, qui suis et qui viens." Ne vois-tu pas, fils, que chaque vague, chaque flamme, chaque souffle du vent témoigne de sa puissance et de son amour jaloux ?

Mais toi, fils d'Angèle, n'aie crainte. Marche dans la lumière du sentier tracé pour toi. Ne te détourne ni à gauche ni à droite, car ce chemin est ton salut et ta mission. Le fardeau des nations, leur rédemption et leur jugement, repose entre les mains de Celui qui tient le monde.

Qu'il soit gravé dans la pierre, inscrit dans le ciel et murmuré dans le cœur des justes : nous accomplissons ce qui doit l'être. Reste ferme et fidèle.

Amen.

LA GOUTTE DE GRACE DIVINE

Rencontres divines

Sur mon chemin spirituel, j'ai vécu des expériences profondes qui ont transformé mon regard sur la vie. Ces rencontres divines, intenses et lumineuses, m'ont offert une clarté nouvelle, une connexion avec quelque chose de bien plus vaste que moi. Dans ces instants, j'ai ressenti une paix indescriptible, une sensation d'unité avec l'univers, comme si le voile séparant le visible de l'invisible s'était levé.

Ces moments m'ont appris que la divinité n'est pas extérieure à nous. Elle se manifeste dans le silence, dans la beauté d'une rencontre, dans le murmure d'un instant où tout semble parfaitement aligné. Ces expériences m'invitent à me souvenir que je fais partie d'un tout, unis par une force d'amour et de lumière.

Chaque rencontre divine me pousse à me questionner sur ma mission, sur le rôle que je suis appelé à jouer dans ce grand ballet cosmique. Je

LA GOUTTE DE GRACE DIVINE

comprends que ces manifestations ne sont pas des fins en soi, mais des rappels, des jalons sur le chemin pour m'encourager à avancer avec foi et confiance.

Elles m'aident à accueillir la vie avec plus de gratitude et à m'abandonner à ce flux universel. À travers ces expériences, je sens que la lumière divine m'accompagne, m'élevant et m'invitant à incarner cette énergie dans mes pensées, mes actions et mes relations avec le monde.

Amen.

LA GOUTTE DE GRACE DIVINE

VISITE avec JÉSUS & LOUANGE DES ANGES

Cette nuit froide de janvier, vers 1h30 du matin, une lueur éclatante m'a tiré brusquement de mon sommeil. Ébloui, le cœur battant, j'ai ouvert les yeux pour découvrir des anges entourant mon humble demeure. Leur présence était à la fois saisissante et douce, une harmonie céleste emplissant l'espace. Bien que mon âme ait toujours su qu'un jour cela arriverait, je ne pouvais contenir ma stupeur devant une telle manifestation.

Puis, au-delà de ces anges resplendissants, une silhouette divine se révéla. Jésus-Christ de Nazareth, insufflé par Dieu tout-puissant, avança majestueusement, émanant une lumière vivante qui semblait toucher jusqu'aux recoins les plus profonds de mon

âme. Il s'approcha de moi et, avec une voix douce et ferme, prononça :
"Ô Paul, fils d'Angèle, viens avec moi."

Sans hésitation, je le suivis. Nous traversâmes un voile lumineux, semblable à un rideau de cristal, et nous retrouvâmes dans une prairie inégalée. Les fleurs, aux teintes allant du jaune éclatant au violet profond, se mêlaient au rouge vif dans une harmonie divine. Les arbres, hauts et majestueux, exhalaient des parfums indescriptibles, des senteurs qu'aucune terre n'a jamais portées.

Une armée d'anges, respectueuse et silencieuse, se tint autour de nous, puis se mit à chanter des louanges à Dieu et à Jésus-Christ. Leur mélodie portait des mots que je ne comprenais pas mais que mon âme saisissait.

Jésus se tint alors devant l'assemblée, et moi, à leurs côtés, je me sentis envahi d'une paix indescriptible.

Un genou au sol, les mains levées vers le ciel, nous avons prié. Les paroles, venues des profondeurs de l'âme, jaillissaient naturellement comme une source intarissable :

« Seigneur Jésus-Christ de Nazareth,
Fils de Marie, insufflé par Dieu tout-puissant et miséricordieux,
Toi, lumière des nations et espoir des âmes fatiguées,
Nous venons à toi, humbles et prosternés,
Pour t'offrir cette prière portée par le désir ardent de voir ton amour rayonner sur toute l'humanité.

Ô Verbe incarné, reflet parfait de la sagesse divine,
Élève nos cœurs au-delà des ombres,
Insuffle en nous la flamme vivante de ton Esprit,
Et répands sur tous les êtres une cascade de grâce infinie.

Par ton chemin de vérité, par ton sacrifice suprême,
Nous t'implorons pour le salut de l'humanité tout entière,
Quelles que soient ses croyances, ses confessions ou ses quêtes spirituelles.
Unifie les cœurs dispersés,
Détruis les murs de la haine et des divisions,
Et fais fleurir la paix comme une promesse éternelle.

Ô Christ, porteur de lumière et source de vie,
Que ta bonté divine enveloppe tous les mondes créés.
Protège-nous des ténèbres qui menacent,
Et couvre chaque âme humaine de ton manteau d'amour et de miséricorde.

Dieu tout-puissant, par Jésus-Christ de Nazareth,
Illumine les âmes aveuglées,
Console les cœurs brisés,
Et restaure en nous la pureté que tu as insufflée depuis l'origine.

Nous t'appelons avec foi, avec espoir,
Avec des larmes de repentir et des chants de louange,
Accorde-nous ta protection céleste,
Et guide l'humanité vers le chemin du pardon, de la vérité et de l'amour éternel.

Que ton règne de lumière et de paix vienne sur la terre, Seigneur Jésus-Christ,
Que ton nom soit glorifié dans tous les cieux et sur toute la création,
Et que ton souffle divin nous enveloppe pour toujours.

Dans la gloire de Dieu, source de toute vie,
Nous te louons, toi, le Sauveur insufflé par le Très-Haut,
Et nous remettons nos âmes entre tes mains.

Amen. »

Alors que nous achevions cette prière, une lumière douce mais puissante jaillit des cieux. Deux anges majestueux, immenses et d'une beauté inégalée, apparurent. Leurs ailes, qui semblaient couvrir tout le ciel, brillaient d'une lumière pure et divine. Derrière eux, une lumière encore plus éclatante s'élevait, surpassant toute imagination.

Une voix, mélange de vent, d'eau et de feu, s'éleva, puissante et douce à la fois : "J'entends bien votre demande particulière pour l'humanité entière, ô mes sujets. Soyez reconnaissants."

Tout se tut ensuite. L'assemblée d'anges disparut doucement, et Jésus-Christ me raccompagna au seuil de mon sommeil. Avant de partir, il posa sur moi un regard plein d'amour et déclara :
"Ô fils d'Angèle, tu as vécu aujourd'hui une expérience céleste incommensurable et inimaginable pour le commun des mortels. Va, répands cette nouvelle. Dieu le Père vous a répondu. Soyez prudents et respectueux des lois du Tout-Puissant. Il sera

miséricordieux. Que cela soit écrit sur la roche."

Puis, dans un souffle léger, tout s'éteignit, me laissant avec un cœur rempli de paix et d'émerveillement. Amen.

Amen .

L'ORDONNANCE DE DIEU

Le lendemain de la prière, entouré des anges dans ce pré empli de fleurs et de senteurs d'herboriste, un mystère divin se dévoila. Vers minuit, dans un silence sacré, l'inimaginable pour une âme commune advint : Jésus-Christ de Nazareth lui-même se présenta. Il était vêtu d'un habit d'une blancheur immaculée, brodé de dorures célestes. Ses yeux, semblables à des flammes de lumière éternelle, portaient une vérité divine qu'aucun mot humain ne saurait décrire.

LA GOUTTE DE GRACE DIVINE

Il s'approcha, solennel, mais empreint d'une douceur paternelle, comme si, malgré nos prières ferventes de la veille, cette rencontre marquait un nouveau commencement. Il parla et sa voix résonna dans mon âme :

« Je suis Jésus-Christ de Nazareth, fils de Marie, insufflé par Dieu Tout-Puissant et Miséricordieux. Ô Paul, fils d'Angèle, regarde autour de toi et dis-moi ce que tu vois aujourd'hui dans ton monde ? »

Je baissai les yeux, tandis qu'il poursuivait :
« Tu vois des âmes qui périssent de froid, d'autres qui meurent de faim. Certains tombent sous le poids de la violence, de l'ignorance, ou des guerres nées de la jalousie et des épidémies. Tout cela, car l'homme place l'argent, la corruption et les plaisirs éphémères au-dessus de l'humanité. Ils bâtissent des empires d'armes et de richesses personnelles, oubliant le message divin.
Certains se servent de leurs positions pour écraser

LA GOUTTE DE GRACE DIVINE

les autres. Ne savent-ils pas que Dieu voit tout et entend tout ? Le châtiment divin sera sévère pour eux. »

Il marqua une pause, ses yeux semblant sonder le firmament, puis ajouta :
« Ô enfants des mondes, sachez que vous pouvez rejoindre Dieu Tout-Puissant dans la prière sincère. **Si seulement vous saviez, vous ne feriez pas ce que vous faites**.
Par la lune, par le soleil, par la nuit et par le jour, comprenez les paroles divines accessibles à vos cœurs. »

Sa voix s'éleva encore :
« Lorsque la terre tremblera et que ses entrailles libéreront des feux ardents, l'homme demandera : "Qu'est-il arrivé ?" Ce jour-là, ils comprendront que c'est Dieu qui a ordonné cela. Ce jour-là, chacun examinera ses actions. Celui qui aura fait un atome de bien, Dieu le verra. Celui qui aura fait un atome

de mal, Dieu le verra.
Dieu Tout-Puissant atteste cela.»

Ô fils d'Angèle, écris pour faire savoir ces paroles et ne crains rien. Dieu est reconnaissant et pardonneur. Soyez pardonneurs comme Dieu, car Il aime les pardonneurs et leur pardonnera en retour.

Cherchez en vous le Royaume de Dieu. Pourquoi lavez-vous votre corps ? Pour le purifier. Savez-vous que l'intérieur et l'extérieur de votre être sont semblables ? Vous avez été créés d'une argile identique. Il vous faut aussi purifier votre âme : c'est là le secret.

LA GOUTTE DE GRACE DIVINE

Comprenez les paroles divines que nous avons voulu vous rappeler. Elles vous seront bénéfiques. Que cela soit écrit dans la pierre. »

Et tandis que sa lumière se dissipait, laissant derrière elle une paix ineffable, ses dernières paroles résonnèrent :
« Amen. »

Le présent de l'armure céleste

Dans cette soirée de janvier, où les inquiétudes du monde semblent s'amplifier, ma foi grandit avec elles, portée par une certitude divine. Alors que je m'abandonne à Dieu dans mes prières, un événement glorieux se manifeste. Jésus-Christ de Nazareth, dans toute sa majesté, apparaît comme à son habitude, vêtu d'un manteau immaculé, orné de dorures célestes, entouré d'anges d'une splendeur infinie. Leurs habits scintillaient d'étoiles, émanant une lumière d'amour pur et éternel.

Dans cette vision, il parla avec autorité et douceur, et sa voix résonna dans mon âme :

LA GOUTTE DE GRACE DIVINE

"Je suis Jésus-Christ de Nazareth, fils de Marie, insufflé par Dieu tout-puissant et miséricordieux. Ô fils d'Angèle, ta mère est bénie parmi les vainqueurs. Laisse-la partir, car tes prières et celles des siens la retiennent encore. Pourtant, il est temps. Ta mère est appelée à rejoindre la demeure éternelle, un lieu de paix et de gloire. Vos prières ont été entendues, mais accepte aujourd'hui la volonté divine."

Il poursuivit, s'adressant directement à moi avec des paroles qui percèrent mon esprit :

"Ô Paul, fils d'Angèle, tu t'es posé maintes questions ces derniers jours. Les réponses viendront, non par les hommes, mais par des signes divins. Revêts l'armure de foi que je t'offre, aussi lourde que la croix et pourtant légère comme une plume d'oiseau céleste. Cette armure est robuste comme le rocher éternel. Elle te permettra d'affronter les ténèbres qui tourmentent les âmes autour de toi, qu'elles soient proches ou lointaines, car toutes sont tes sœurs et frères.

LA GOUTTE DE GRACE DIVINE

Sache que certains se tournent vers le malin, trompés par son artifice, car il est subtil et rusé. Il murmure à leurs oreilles des illusions qui paraissent sensées. Mais ils doivent croire davantage en moi. Je suis la lumière, la vérité et la voie."

Puis, levant les bras vers les cieux, il proclama :

"Ô enfants des mondes, je vous exhorte à croire en Dieu, l'Unique. Ne prêtez pas attention aux médisants ni aux jaloux, car même le Malin est jaloux de votre existence. Il a été déchu sans obtenir de pardon, et il cherche à entraîner dans sa chute ceux qui lui prêtent l'oreille. Mais soyez fermes dans votre foi, car Dieu, dans sa miséricorde infinie, pardonne à ceux qui reviennent à Lui avec sincérité.

De la lumière du soleil à la douceur de la lune, du jour à la nuit, je vous rappelle : le Seigneur est aimant et miséricordieux. Tournez-vous vers Lui, demandez pardon, et votre âme sera sauvée."

Enfin, ses paroles se firent plus solennelles, chargées d'une mission qui résonnait comme une vocation divine :

LA GOUTTE DE GRACE DIVINE

"Ô fils d'Angèle, toi qui es choisi parmi les élus, veille sur les opprimés, protège le pauvre et l'orphelin, et combats l'injustice et la corruption. Partage ce que tu vis aujourd'hui, car beaucoup comprendront à travers toi la lumière de Dieu. Ce que je dis, grave-le dans ton cœur comme sur une roche éternelle. Que cela soit proclamé aux nations.

Amen."

Cette vision s'effaça doucement, laissant derrière elle une paix indescriptible et une certitude : je suis appelé à œuvrer pour la lumière et la justice, guidé par le Christ lui-même.

LA GOUTTE DE GRACE DIVINE
La pierre Blanche

En ces premiers jours de janvier 2025, une lumière divine perça la nuit paisible, révélant des silhouettes blanches et lumineuses. Des anges, d'une pureté indescriptible, se tenaient en cercle, comme une couverture de lumière autour de Jésus-Christ de Nazareth, Fils de Marie, qui se dressait face à moi. Il apparaissait comme un mirage miraculeux, émanant une présence si intense qu'elle ébranlait mon âme.

Sa voix résonna, claire et profonde :
« Je suis Jésus-Christ de Nazareth, Fils de Marie, insufflé par Dieu Tout-Puissant et Miséricordieux. »

Il m'observa avec une bienveillance infinie et poursuivit :
« Regarde autour de toi, ô fils d'Angèle, élu parmi les élus de la création. Tu as traversé d'immenses souffrances, physiques et morales, que nous avons permis pour éprouver ton cœur et affiner ton esprit. Mais aujourd'hui, tu en sors miraculeusement fortifié. Ta foi, inébranlable, a surpassé chaque épreuve. »

LA GOUTTE DE GRACE DIVINE

Devant moi, une armure éclatante, faite de lumière divine, apparut, et Jésus-Christ m'invita à la revêtir : « Regarde devant toi désormais. Revêts l'armure que nous t'avons envoyée, car il reste des œuvres que tu dois accomplir, des missions sacrées que toi seul peux mener. »

Autour de nous, une assemblée céleste se formait, des anges témoins de la grandeur divine, respectueux des lois éternelles et porteurs de la paix céleste. Alors, Jésus s'approcha, portant une pierre blanche étincelante, symbole de pureté et de miséricorde infinie.

Il déclara avec une autorité divine :
« Aujourd'hui, nous te remettons cette pierre blanche du Paradis, un don céleste, un symbole de la grandeur de Dieu. Ô enfants des mondes, écoutez : je suis Jésus-Christ de Nazareth, le lien unique entre vous et Dieu Tout-Puissant. Par moi, vos âmes trouveront le pardon et le salut.

Regardez cette pierre, non comme un objet à idolâtrer, mais comme une révélation, une preuve irréfutable de l'existence d'un Dieu unique, grand et miséricordieux.

La Foi

« La nuit qui recouvre la terre, le jour qui amène la lumière divine, la lune et le soleil témoignent de Sa gloire. Rejoignez-nous, tant qu'il est encore temps »

Sa voix se fit encore plus solennelle, emplissant les cieux et mon cœur d'une paix incomparable :
« **La foi doit être sincère et honnête**. Ceux qui croiront ainsi recevront le salut. Je suis votre parole auprès du Père céleste, incommensurable et inimaginable. Sachez-le, ô enfants des mondes, votre Dieu est grand et miséricordieux. Que cela soit écrit sur la roche et dans vos cœurs. Amen. »

Alors que la vision s'évanouissait dans un éclat de lumière, je restai immobile, le cœur empli d'une paix divine et d'un appel sacré gravé à jamais dans mon âme.

LA GOUTTE DE GRACE DIVINE

Et surtout une pierre blanche est restée dans ma main, il m'avait ordonné de visiter un endroit avec et de la garder pendant une journée au moins sur moi, ensuite de la remettre si je voulais à la personne que je voulais honorer depuis que je savais le plaisir que cela pouvait lui procurer à posséder un tel objet céleste.

Amen.

La Louange Céleste en cette Nuit Sacrée

En cette nuit du début février, le ciel s'ouvrit comme une mer déchirée par la lumière. Devant moi, l'inimaginable se déployait dans une splendeur au-delà des mots. L'Archange Gabriel, messager du Très-Haut, apparaissait dans une grandeur ineffable. Ses ailes, vastes comme les cieux, d'une beauté à couper le souffle, s'étendaient dans un éclat divin, projetant une lumière vivante, brûlante et pure. Son

LA GOUTTE DE GRACE DIVINE

être irradiait une chaleur indescriptible, une étreinte d'amour si intense qu'elle semblait abolir toute distance. Il était là, souverain, comme suspendu entre la terre et l'éternité, et pourtant, son essence emplissait tout l'univers.

Autour de lui, une armée innombrable d'anges couvrait le firmament, des myriades d'êtres célestes dont les ailes luminescentes formaient une mer d'or et de feu. Ils chantaient d'une seule voix, une louange inédite, tissée de

gloire, d'amour et de vérité. Leur chant était un torrent vivant, un fleuve de lumière et de paix, dont chaque note résonnait jusque dans les fondations du monde.

Le Chant des Anges :

"Saint, Saint, Saint est le Seigneur Dieu Tout-Puissant,
Celui qui était, qui est, et qui vient !

Son trône est établi sur la justice et la vérité,
Sa gloire remplit l'infini et nul ne peut L'égaler !"

"Peuples de la terre, ouvrez vos cœurs !
Car le Seigneur vous appelle par Son amour,
Sa main est tendue vers vous comme au premier jour,
Revenez à Lui, car Il est le refuge, Il est la Vie éternelle !"

Alors la voix de l'Archange Gabriel s'éleva, profonde et éclatante comme un tonnerre sacré, et **tout le ciel trembla sous sa parole :**

"Entendez, nations ! Écoutez, peuples de la terre !
L'Éternel a dressé Son jour, Il approche comme l'aurore après la nuit !
Heureux ceux qui ont veillé, car ils verront la lumière de Sa Face !
Malheur aux cœurs endurcis, car ils trébucheront dans l'ombre qu'ils ont choisie !
Le Roi vient, Son sceptre est justice, Son souffle est vérité !

Glorifiez Son Nom, vous qui espérez en Lui !
Car Sa miséricorde est plus vaste que l'océan,

**Sa fidélité est un rempart plus solide que les montagnes !
Revenez à la Source, humiliez-vous devant Sa majesté,
Car Il est l'Alpha et l'Oméga,
Le Commencement et la Fin, Celui qui donne et Celui qui reprend !"**

LA GOUTTE DE GRACE DIVINE

Alors, les anges reprirent d'une voix encore plus éclatante, une voix de feu et de guérison, un torrent de louange qui brisait les chaînes invisibles et ouvrait les cieux :

"Gloire au Seigneur des seigneurs,
À Celui qui siège sur le trône éternel !
Son Nom est gravé dans les cieux,
Son règne n'aura pas de fin !"

"Gloire à Jésus-Christ de Nazareth,
Fils bien-aimé du Très-Haut,
Lumière née de la Lumière,

Étoile du matin, pain de vie, agneau immolé pour le salut du monde !
Il est venu et Il reviendra !
Car Son retour est proche et Son règne s'établira dans la justice et la gloire !"

"Réjouissez-vous, vous qui L'aimez !
Soyez affermis, vous qui L'attendez !
Car bientôt, toute larme sera essuyée,

Et la nuit ne sera plus,
Et l'homme marchera de nouveau avec son Créateur,
Dans une gloire plus grande que celle du commencement !"

Le chant emplissait tout, jusqu'aux profondeurs de l'âme, une mélodie qui guérissait, purifiait, relevait ceux qui chancelaient, restaurait ceux qui s'étaient égarés. À chaque parole, le ciel vibrait, les ténèbres reculaient, et la lumière divine s'intensifiait jusqu'à inonder tout l'horizon.

Puis, dans un dernier éclat de splendeur, les anges s'élevèrent, emportant avec eux l'écho de leur louange, laissant derrière eux un silence empli de paix et de sainteté. Mon cœur battait au rythme de cette gloire, marqué à jamais par cette rencontre.

Amen.

LA GOUTTE DE GRACE DIVINE

L'Apparition du Christ

Cette nuit fut empreinte d'étonnement, car Jésus-Christ se manifesta devant moi, non point entouré du cortège habituel d'anges respectueux, mais accompagné seulement de deux êtres célestes, discrets et néanmoins rayonnants de lumière divine.

Il s'avança et proclama avec une voix résonnant d'éternité :

« Je suis Jésus-Christ de Nazareth, insufflé par Dieu, Tout-Puissant et Miséricordieux.

« Ô fils d'Angèle, prépare-toi, car les profondeurs de Satan tenteront de t'entraver dans l'œuvre que Nous t'avons confiée. Mais sache-le bien : comme Nous te l'avons déjà dit, Nous serons toujours là. Ton armée d'anges se tient derrière toi, prête à t'assister, et quiconque tentera de Nous combattre sera écarté du chemin de la vérité. Nous les enverrons vers des terres arides et dépeuplées, loin de la lumière. »

LA GOUTTE DE GRACE DIVINE

« Annonce-leur que Ma Miséricorde est infiniment grande, mais que Mon châtiment est tout aussi insondable.»

Ô fils d'Angèle, élu parmi les élus du Très-Haut, porte ce message à Mes soutiens inconditionnels, comme tes amis : qu'ils sachent que Mon regard bienveillant ne se détournera point d'eux, que Ma Miséricorde les enveloppera comme un manteau de pardon.

Dis a mes enfants, que la colère est une porte ouverte au Malin. N'est-il pas notre opposé ? Veille à ce que les gens cultivent la patience et la paix face aux tourments.

Par la nuit et par le jour, par le soleil et par la lune, quiconque ose s'en prendre à Mes protégés sera compté parmi les perdants.

Ô enfants des mondes, sachez que des dialogues et des esprits cherchent à altérer la vérité et à modifier les éléments. Mais Notre royaume de lumière divine, transperçant et glorieux, divisé en sept cieux, existe bel et bien. Sachez-le ! De même que le royaume des ténèbres, divisé en deux parties distinctes : le royaume des feux ardents, où les âmes brûlent sous le poids de leurs fautes, et le royaume de glace, où règne un froid éternel, figé dans l'abandon et le silence.

« Ô enfants des mondes, ne perdez pas votre temps à philosopher sur des mots anciens, car Mes élus sont là pour vous guider sous l'inspiration du Saint-Esprit. Ceux qui cherchent à vous détourner de Moi sont mus par l'esprit du Malin. Ne savent-ils donc pas que Nous voyons tout, que Nous entendons tout ? »

« je suis le dieu vivant »

Ô fils d'Angèle, écris et propage Ma parole divine, afin qu'elle devienne le témoignage de Nos œuvres.

Que cela soit gravé sur la roche.

Amen. »

LA GOUTTE DE GRACE DIVINE

En cette nuit de mercredi, une armée de petits anges nacrés, d'un bleu imprégné de lumière divine, se tenait réunie autour de Jésus-Christ de Nazareth. Leur éclat céleste illuminait l'espace où je me trouvais, et la présence sacrée du Fils de Marie emplissait la pièce d'une paix ineffable. Alors, dans un souffle empreint de majesté et de compassion, Il s'adressa à moi et dit :

"Je suis Jésus-Christ de Nazareth, Fils de Marie, insufflé par Dieu Tout-Puissant.

Ô Fils d'Angèle, écris au peuple des mondes, car en ce jour, nos oreilles célestes sont assaillies par des paroles qui troublent les cieux. Nous entendons beaucoup d'âmes qui prétendent détenir le savoir éternel, mais leur cœur est dérouté par Belzébuth et Lilith, qui se dressent contre la vérité et sèment la perdition parmi les hommes.

Ô enfants des mondes, sachez que rien ne nous échappe. Nous entendons les soupirs des justes comme les murmures des âmes errantes. Revenez à

LA GOUTTE DE GRACE DIVINE

nous et repentez-vous, car notre clémence est grande pour ceux qui cherchent sincèrement la lumière. Toute vie a été créée par Nous, et toute vie reviendra à Nous. Nul ne sera sauvé s'il a suivi le Malin dans ses artifices et ses illusions.

Il est des hommes perdus dans le mensonge, qui tordent les paroles anciennes et en arrachent des fragments hors de leur temps. Ils prétendent que j'aurais tenu des propos à Belzébuth qui ne furent jamais miens. Mais étaient-ils donc présents en ces jours d'avant ?

Moi, Jésus-Christ de Nazareth, j'ai dit à Pierre : 'Arrière de moi, Satan ! Tes pensées ne sont pas celles de Dieu, mais celles des hommes.'
Car en ces paroles, Je repoussai l'ombre qui cherchait à troubler le dessein céleste. Belzébuth n'était point un héraut de vérité, mais l'ennemi des divinités célestes, celui qui trompe et qui divise.

Ô enfants des mondes, ne prêtez point l'oreille à ceux qui réinventent l'histoire et s'érigent en témoins

LA GOUTTE DE GRACE DIVINE

d'un passé qu'ils n'ont jamais contemplé. Je suis Jésus-Christ de Nazareth, insufflé par Dieu Tout-Puissant et Miséricordieux, et c'est Moi qui vous donne la vérité et la lumière de la vie. Revenez vers le Seigneur, repentez-vous, et ouvrez votre cœur à la foi pure.

Ô Fils d'Angèle, écris ces paroles pour la paix et la réunification des croyants sincères, ceux qui ne cherchent point à défaire les Écrits que Nous avons révélés à l'humanité. Certes, le langage des temps a évolué afin que vous compreniez mieux, mais le sens profond demeure inaltérable : il existe un abîme pour ceux qui nous ont oubliés et un Royaume de lumière pour les âmes victorieuses.

Que cela soit écrit sur la roche, afin que nul ne l'efface.
Amen.

LA GOUTTE DE GRACE DIVINE

Avertissements

Cette nuit fut empreinte d'étonnement, car Jésus-Christ se manifesta devant moi, non point entouré du cortège habituel d'anges respectueux, mais accompagné seulement de deux êtres célestes, discrets et néanmoins rayonnants de lumière divine.

Il s'avança et proclama avec une voix résonnant d'éternité :

« Je suis Jésus-Christ de Nazareth, insufflé par Dieu le père, Tout-Puissant et Miséricordieux.»

Ô fils d'Angèle, prépare-toi, car les profondeurs de Satan tenteront de t'entraver dans l'œuvre que Nous t'avons confiée. Mais sache-le bien : comme Nous te l'avons déjà dit, Nous serons toujours là. Ton armée d'anges se tient derrière toi, prête à t'assister, et quiconque tentera de Nous combattre sera écarté du chemin de la vérité. Nous les enverrons vers des terres arides et dépeuplées, loin de la lumière.

Annonce-leur que Ma Miséricorde est infiniment grande, mais que Mon châtiment est tout aussi insondable.

LA GOUTTE DE GRACE DIVINE

Ô fils d'Angèle, élu parmi les élus du Très-Haut, porte ce message à Mes soutiens inconditionnels, comme tes amis : qu'ils sachent que Mon regard bienveillant ne se détournera point d'eux, que Ma Miséricorde les enveloppera comme un manteau de pardon.

Dis à Ma fille bien-aimée Marie, dont le nom est cher à Mon cœur, que la colère est une porte ouverte au Malin. N'est-il pas notre opposé ? Veille à ce qu'elle cultive la patience et la paix face aux tourments.

Par la nuit et par le jour, par le soleil et par la lune, quiconque ose s'en prendre à Mes protégés sera compté parmi les perdants.

Ô enfants des mondes, sachez que des dialogues et des esprits cherchent à altérer la vérité et à modifier les éléments. Mais Notre royaume de lumière divine, transperçant et glorieux, divisé en sept cieux, existe bel et bien. Sachez-le ! De même que le royaume des ténèbres, divisé en deux parties distinctes : le royaume des feux ardents, où les âmes brûlent sous

LA GOUTTE DE GRACE DIVINE

le poids de leurs fautes, et le royaume de glace, où règne un froid éternel, figé dans l'abandon et le silence.

Ô enfants des mondes, ne perdez pas votre temps à philosopher sur des mots anciens, car Mes élus sont là pour vous guider sous l'inspiration du Saint-Esprit. Ceux qui cherchent à vous détourner de Moi sont mus par l'esprit du Malin. Ne savent-ils donc pas que Nous voyons tout, que Nous entendons tout ?

Ô fils d'Angèle, écris et propage Ma parole divine, afin qu'elle devienne le témoignage de Nos œuvres.

Que cela soit gravé dans la pierre.

Amen. »

LA GOUTTE DE GRACE DIVINE

RECOMMANDATIONS

En cette nuit de mercredi, une armée de petits anges nacrés, d'un bleu imprégné de lumière divine, se tenait réunie autour de Jésus-Christ de Nazareth. Leur éclat céleste illuminait l'espace où je me trouvais, et la présence sacrée du Fils de Marie emplissait la pièce d'une paix ineffable. Alors, dans un souffle empreint de majesté et de compassion, Il s'adressa à moi et dit :

"Je suis Jésus-Christ de Nazareth, insufflé par Dieu le père Tout-Puissant. /

Ô Fils d'Angèle, écris au peuple des mondes, car en ce jour, nos oreilles célestes sont assaillies par des paroles qui troublent les cieux. Nous entendons beaucoup d'âmes qui prétendent détenir le savoir éternel, mais leur cœur est dérouté par Belzébuth et Lilith, qui se dressent contre la vérité et sèment la perdition parmi les hommes.

LA GOUTTE DE GRACE DIVINE

Ô enfants des mondes, sachez que rien ne nous échappe. Nous entendons les soupirs des justes comme les murmures des âmes errantes. Revenez à nous et repentez-vous, car notre clémence est grande pour ceux qui cherchent sincèrement la lumière. Toute vie a été créée par Nous, et toute vie reviendra à Nous. Nul ne sera sauvé s'il a suivi le Malin dans ses artifices et ses illusions.

Il est des hommes perdus dans le mensonge, qui tordent les paroles anciennes et en arrachent des fragments hors de leur temps. Ils prétendent que j'aurais tenu des propos à Belzébuth qui ne furent jamais miens. Mais étaient-ils donc présents en ces jours d'avant ?

Moi, Jésus-Christ de Nazareth, j'ai dit à Pierre : 'Arrière de moi, Satan ! Tes pensées ne sont pas celles de Dieu, mais celles des hommes.'
Car en ces paroles, Je repoussai l'ombre qui cherchait à troubler le dessein céleste. Belzébuth n'était point un héraut de vérité, mais l'ennemi des divinités célestes, celui qui trompe et qui divise.

LA GOUTTE DE GRACE DIVINE

Ô enfants des mondes, ne prêtez point l'oreille à ceux qui réinventent l'histoire et s'érigent en témoins d'un passé qu'ils n'ont jamais contemplé. Je suis Jésus-Christ de Nazareth, Fils de Marie, insufflé par Dieu Tout-Puissant et Miséricordieux, et c'est Moi qui vous donne la vérité et la lumière de la vie. Revenez vers le Seigneur, repentez-vous, et ouvrez votre cœur à la foi pure.

Ô Fils d'Angèle, écris ces paroles pour la paix et la réunification des croyants sincères, ceux qui ne cherchent point à défaire les Écrits que Nous avons révélés à l'humanité. Certes, le langage des temps a évolué afin que vous compreniez mieux, mais le sens profond demeure inaltérable : il existe un abîme pour ceux qui nous ont oubliés et un Royaume de lumière pour les âmes victorieuses.

Que cela soit écrit sur la roche, afin que nul ne l'efface.
Amen."

LA GOUTTE DE GRACE DIVINE

OUVREZ LES PORTES DU BAPTÊME

En cette nuit où le silence se fait témoin, du samedi au dimanche de ce début de février, voici que Jésus-Christ est revenu.

Il apparut dans des habits de lumière, d'un blanc éclatant traversé de dorures célestes, une ceinture large et épaisse d'or ceignant sa taille comme un sceau d'autorité divine. Ses yeux, flammes de pureté et d'éternité, transperçant les âmes, et sur son visage se lisait une colère saisissante, une justice implacable qui résonnait dans son élocution.

Derrière lui, deux anges se tenaient en silence, gardiens de sa majesté. Et alors, d'une voix qui fit trembler mon être, il me dit, affirmant sa divine essence :

"Je suis Jésus-Christ de Nazareth, fils de Marie, insufflé par Dieu Tout-Puissant.
Aujourd'hui, je viens avec une colère à la mesure de mon être.

LA GOUTTE DE GRACE DIVINE

Ô fils d'Angèle, écris pour l'humanité ce que je te révèle.
Il y a trop d'âmes qui se croient tout permis en mon Nom,
Trop d'esprits qui s'arrogent des droits qu'ils ne détiennent pas,
Dis-leur que Dieu seul est le véritable décideur.

Ô enfants des mondes qui cherchez à vous approcher de moi par le baptême et par la prière,
Pourquoi vous complique-t-on le chemin en ces temps difficiles ?
Ô gens, facilitez l'accès au baptême, ouvrez les portes à ceux qui veulent me rencontrer.
Ne faites pas obstacle à ceux qui aspirent à la lumière, ne détournez pas leurs âmes en dressant des murailles là où je n'ai placé que des sentiers d'amour et de rédemption.

Il en est certains qui s'imaginent être le sommet de la pyramide,

LA GOUTTE DE GRACE DIVINE

Mais il n'en est rien.
Car JE SUIS Jésus-Christ de Nazareth, le chemin
la vérité, la vie et je vous le dis :
**Ouvrez aujourd'hui les portes du baptême,
ramenez à moi le plus grand nombre,**
Car le temps vient où chaque âme comptera.

**Prenez garde, ô gens d'églises, car certains
temples autoproclamés sont encore dans le
sillage du malin.
Le serpent n'a jamais cessé de rôder, il murmure
même dans les lieux que vous croyez saints.
Soyez vigilants, gardez la pureté de votre foi.**

Ô fils d'Angèle, ton chemin est ardu,
Mais sache que nous serons là pour ouvrir les portes
devant toi.
Que cela soit écrit sur la roche, et que nul ne l'efface.

Amen.

LA GOUTTE DE GRACE DIVINE

Discernement & Autorité

En cette journée où le voile du ciel s'entrouvrit devant moi, une lumière éclatante m'enveloppa, et mon âme fut transportée dans une paix infinie. Une voix, plus douce que la brise du matin et plus puissante que le tonnerre céleste, s'éleva. Jésus-Christ de Nazareth, fils de Marie, apparut devant moi, accompagné d'anges aux ailes éclatantes de lumière.

LA GOUTTE DE GRACE DIVINE

Il me dit :

"Je suis Jésus-Christ de Nazareth, insufflé par Dieu le père Tout-Puissant.

Nous t'avons accordé un repos mérité cette nuit, car tu as fait preuve d'assiduité, de compréhension, d'écoute et d'éveil durant ces derniers mois. Par la prière, tu as su te libérer de fardeaux anciens, et nous avons veillé sur toi, permettant ta délivrance.

Aujourd'hui, par la grâce divine, nous te donnons le discernement et l'autorité sur les êtres et les esprits. Sache que cela n'est point un don léger, mais une charge empreinte de responsabilités et de règles saintes que nous t'enseignons en cet instant.

Ta foi renouvelée, ton respect et ta dévotion ont ouvert une porte vers une existence nouvelle, loin des chaînes du passé, affranchie des ombres qui tentaient d'entraver ton chemin. Tes péchés, ainsi que ceux de tes ancêtres et de tes proches, ne sont plus un lien vers le malin. Ils ont été dissous dans l'océan de la miséricorde divine.

LA GOUTTE DE GRACE DIVINE

Aujourd'hui, par la nuit et par le jour, par la lune et par le soleil, nous t'accordons les moyens et la force d'accomplir le bien dans ce monde.

Ô fils d'Angèle, écoute et grave ces paroles dans ton cœur : l'humanité entière est bien souvent sous l'emprise du malin, errant dans l'obscurité sans même en avoir conscience. Toi, et ceux que nous avons choisis, êtes appelés à ramener les âmes vers la lumière, à réveiller les cœurs endormis et à faire entendre à nouveau la parole divine aux oreilles du monde.

Que cela soit inscrit dans la pierre, que cela soit scellé dans le firmament, car ainsi l'a décrété le Très-Haut.

Amen."

« Cela vient de s'écrire, j' ai ressenti le besoin d'écrire et Jésus Christ est apparu la maintenant.

C fou ça. »

LA GOUTTE DE GRACE DIVINE

Les signes

En cette nuit sacrée, alors que je me retirais dans le silence de mon repos, une lumière céleste, douce et pourtant d'une puissance ineffable, se déversa dans ma chambre, perçant les ténèbres de son éclat divin. En un instant, le voile du monde se déchira devant mes yeux, et là, dans une majesté indescriptible, se tenait Jésus-Christ de Nazareth, Fils de Marie, insufflé par le Très-Haut, entouré d'une armée d'anges rayonnants, dévoués et respectueux comme à leur habitude.

Sa voix, telle un tonnerre voilé de miséricorde, résonna en mon âme :

"Je suis Jésus-Christ de Nazareth, envoyé par le Dieu Tout-Puissant et Clément. O fils d'Angèle, la nuit est tombée sur ton monde, mais elle ne l'est pas pour tous.

Tu as commencé à lire notre Parole divine, et sache qu'elle est gravée sur la roche, immuable, pour toi et pour les justes.

LA GOUTTE DE GRACE DIVINE

Prépare-toi, car dans les pages sacrées, tu découvriras bientôt le mystère des Quatre Cavaliers de l'Apocalypse, portant chacun leur sceau et leur mission. Le premier chevauche un cheval blanc, conquérant et déterminé. Le second se dresse sur un destrier rouge vif, semant la discorde et la guerre. Le troisième s'avance sur une monture noire, messager de la disette et de la famine. Et enfin, le dernier, sur un cheval pâle, annonce la mort et la désolation.

Sache, ô fils d'Angèle, que ces Cavaliers ne sont point un mythe lointain, mais une vérité imminente. Ils sont l'épée brandie contre les serviteurs du Malin, une punition pour ceux qui auront rejeté la lumière et préféré l'ombre. La peste, la famine, la sécheresse, et le fléau s'étendront au-delà des frontières des mondes, frappant les âmes rebelles et aveugles.

Les signes sont déjà là, mais qui prend le temps de les voir ? La génisse rouge est apparue, et le Temple se prépare à renaître. Mais vous, attendez-vous que Je sois parmi vous pour croire ? Ne voyez-vous pas

LA GOUTTE DE GRACE DIVINE

que J'observe déjà, scrutant vos âmes et vos actes ?"

Il me fixa, et son regard traversa mon être, emplissant mon cœur d'une ferveur ardente.

"Ô fils d'Angèle, répands la Parole divine, car en cela réside ta récompense. Que ces mots soient gravés sur la roche, indélébiles et éternels."

Alors, dans un souffle glorieux, Il s'éleva avec Ses anges, laissant derrière Lui un sillage de lumière et de vérité. Et moi, témoin de ce moment céleste, je m'incline devant la volonté du Très-Haut, portant en mon âme le devoir de propager Son message, jusqu'au dernier jour.

Amen.

LA GOUTTE DE GRACE DIVINE

Justice & Grace

En cette nuit où le voile du mystère s'est levé, après une journée marquée par le tumulte des âmes et le rejet d'une assemblée se proclamant évangélisatrice, l'inexplicable s'est manifesté.

Jésus-Christ de Nazareth, Fils de Marie, engendré par l'Esprit du Dieu tout-puissant, s'est révélé à moi comme il le fait en de rares instants, dans la splendeur insondable du divin. Beaucoup ne croiront pas, car peu ont été témoins de Sa présence ainsi dévoilée. Moi-même, je me suis interrogé : pourquoi moi ? Pourquoi cette élection soudaine dans la tourmente des hommes ?

Alors, Il parla, Sa voix traversant l'étoffe de l'éphémère, résonnant comme une onde de lumière brisant les ténèbres :

« Je suis Jésus-Christ de Nazareth, insufflé par le Dieu le père Tout-Puissant et Miséricordieux. Celui qui ne pardonne point n'a pas de mérite devant le Père, et celui qui sème la discorde parmi les croyants sincères sera jugé.

LA GOUTTE DE GRACE DIVINE

Celui qui fait du mensonge son chemin et prêche en mon Nom sans vérité sera affligé du châtiment divin. »

Ses paroles, chargées de justice et de grâce, se gravèrent dans mon être comme le feu ardent d'un sceau céleste. Il n'y avait ni ombre ni doute en Sa présence, seulement l'éclat pur de Sa vérité. Et en moi, un frisson parcourut mon âme, comme si l'univers tout entier retenait son souffle devant la Parole vivante.

Jésus Christ dît :

Écoute, âme en quête de vérité, toi qui marches sous les cieux étoilés de cette nuit où les cœurs s'agitent et les esprits s'interrogent.

Car voici que la voix du Seigneur s'élève, comme un vent puissant traversant les âges, portant avec elle la lumière de l'Évangile, la parole éternelle du Fils bien-aimé, Jésus-Christ de Nazareth, né de Marie, conçu par l'Esprit Saint, venu révéler aux hommes le mystère du salut.

Toi qui cherches les eaux du baptême, toi qui as soif de la justice divine, sache que le baptême n'est pas une porte

LA GOUTTE DE GRACE DIVINE

close par la main des hommes, mais un fleuve ouvert par la miséricorde du Très-Haut.

Ne scelle pas ce qui est ouvert !

"Allez, faites de toutes les nations des disciples, les baptisant au nom du Père, du Fils et du Saint-Esprit."

Ainsi parle le Seigneur des cieux, le Maître des âmes : "N'empêchez pas ceux qui viennent à moi, car quiconque croit en mon nom sera sauvé !"

Mais certains, vêtus d'autorité terrestre, ferment les portes de la grâce, oubliant que le fleuve de vie ne leur appartient pas.

Malheur à vous, scribes des temps modernes, qui gardez la clé et ne voulez entrer, ni laisser entrer ceux qui cherchent le Royaume !

L'eau du baptême ne connaît pas d'entraves

Regarde ! Philippe et l'eunuque voyageaient sur une route solitaire, et soudain, voici l'eau !
"Qu'est-ce qui empêche que je sois baptisé ?" s'écria l'homme assoiffé de Dieu.

LA GOUTTE DE GRACE DIVINE

Et Philippe, disciple fidèle, répondit :
"Si tu crois de tout ton cœur, cela est possible."

Aucune barrière d'homme, aucun décret humain, aucune institution ne peut interdire ce que Dieu avait décrété.

Mais toi, pasteur, pourquoi refuses-tu ?

Regarde ton cœur et interroge-le.
Refuses-tu par prudence spirituelle, craignant que l'âme ne comprenne pas encore le prix du baptême ?
Refuses-tu parce que tu vois dans le cœur de celui qui vient un doute, un mensonge, une volonté impure ?

Si tel est le cas, prie avec lui, enseigne-le, éclaire sa route, mais ne lui ferme pas la porte éternellement.

Mais si tu refuses par orgueil, par jugement personnel, par sectarisme ou favoritisme, alors prends garde ! Car le Seigneur ne fait pas acception de personnes, et son Esprit souffle où il veut.

Que celui qui a des oreilles entende !

Le baptême est un appel divin, une immersion dans la vie nouvelle, un passage par les eaux de la régénération.

LA GOUTTE DE GRACE DIVINE

Ne sois pas comme les pharisiens qui s'érigeaient en juges, refusant la grâce aux petits, aux pauvres, aux pécheurs qui cherchaient la lumière.

Ouvre les bras, pasteur !
Laisse l'eau couler, car c'est Dieu lui-même qui baptise dans l'Esprit et dans le feu.

Ainsi parle le Seigneur, ainsi est sa volonté :
"Venez à moi, vous tous qui êtes fatigués et chargés, et je vous donnerai du repos."

Car nul homme ne peut fermer ce que Dieu a ouvert !

En cette nuit où le silence de l'univers semblait retenir son souffle, après une journée marquée par l'incompréhension et le rejet, la lumière divine s'est manifestée à moi.

Dans l'ombre d'une assemblée qui se proclame évangélisatrice, mais dont le cœur est divisé, j'ai perçu les murmures du ciel. La voix du Très-Haut a pénétré mon

LA GOUTTE DE GRACE DIVINE

âme, brisant le tumulte des doutes et des querelles humaines.

Et voici que Jésus-Christ, Fils de Marie, Verbe vivant de Dieu Tout-Puissant, s'est révélé à moi, dans une splendeur que nul ne saurait contester. Son apparition n'était ni un songe, ni une illusion, mais la marque d'une vérité céleste que peu peuvent concevoir.

Il s'adressa à moi dans la clarté de Sa majesté, et Sa voix, semblable au tonnerre dans un ciel sans nuages, résonna au plus profond de mon être :

« Je suis Jésus-Christ de Nazareth, Fils de Marie, insufflé par Dieu Tout-Puissant et Miséricordieux. Celui qui ne pardonne point n'a pas de mérite devant le Père, et celui qui sème la discorde entre les croyants sincères sera jugé. Celui qui fait du mensonge son chemin et prêche en mon Nom sans vérité sera affligé du châtiment divin. »

Sa parole tranchait comme l'épée de justice annoncée, séparant le vrai du faux, le pur de l'impur. Car n'est-il pas écrit ?

« Ne croyez pas que je sois venu apporter la paix sur la terre ; je ne suis pas venu apporter la paix, mais l'épée. »

LA GOUTTE DE GRACE DIVINE

Le Fils de l'Homme ne vient pas flatter les cœurs tièdes, mais éveiller les âmes et raviver la foi véritable. Car ceux qui prêchent en Son nom et qui nourrissent la division sont déjà jugés.

Et pourtant, le dessein divin demeure l'unité :

« *Je vous exhorte, frères, par le nom de notre Seigneur Jésus-Christ, à tenir tous un même langage, et à ne point avoir de divisions parmi vous, mais à être parfaitement unis dans un même esprit et dans un même sentiment.* »

Car vient l'heure où Dieu rassemblera Ses élus :

« *Il élèvera une bannière pour les nations, Il rassemblera les exilés d'Israël, et Il réunira les dispersés de Juda des quatre coins de la terre.* »

« *Après cela, je regardai, et voici, il y avait une grande foule, que personne ne pouvait compter, de toute nation, de toute tribu, de tout peuple, et de toute langue ; ils se tenaient devant le trône et devant l'Agneau, revêtus de robes blanches, et des palmes dans leurs mains.* »

LA GOUTTE DE GRACE DIVINE

Ainsi, le temps est venu. Le choix est devant nous : marcher dans la vérité du Christ ou persister dans la confusion des hommes. Car à la fin, ceux qui auront semé la paix dans la vérité seront appelés enfants de Dieu, et ceux qui auront bâti sur le mensonge verront leur œuvre réduite en cendres.

Et moi, en cette nuit d'éveil et de révélation, je porte ce message comme une flamme, non pour éclairer ceux qui refusent la lumière, mais pour que ceux qui cherchent trouvent.

Jésus dit pardonne et je te pardonnerai,

Que cela soit écrit sur la roche.

Amen.

LA GOUTTE DE GRACE DIVINE

MON TEXTE

Par ce jour qui se lève, au souffle sacré du Très-Haut,

Moi, Paul, fils d'Angèle, serviteur en chemin et pécheur relevé par la grâce, **j'écris ces mots portés par l'Esprit,** à celui ou celle qui entend. Vous ne me connaissez peut-être pas encore, mais je suis lié par l'amour fraternel à mes amis, compagnons de route dans cette marche vers la lumière.

Depuis que nos chemins se sont croisés, ma vie a été bouleversée par la beauté invisible et puissante de l'Éternel. J'ai goûté à des instants que seul le ciel peut offrir, et ma rencontre avec Jésus-Christ de Nazareth, Fils du Dieu vivant, insufflé par l'Esprit Saint, a tout transformé.

Un jour, dans une prière sincère, j'ai demandé à voir les véritables acteurs de ma vie. C'est alors qu'en songe — un songe vibrant, clair, d'une lumière que

LA GOUTTE DE GRACE DIVINE

nul ne peut contrefaire — le Christ est venu à moi. Depuis ce moment, des rencontres divines s'enchaînent, et des paroles célestes touchent mon cœur. Moi qui viens de loin, moi qui ai frôlé la mort, j'ai été sauvé par la miséricorde du Père. Oui, grâce à Dieu, tout va bien aujourd'hui.

Je vous écris en vérité, animé par l'amour du Christ, car ma quête vers le baptême est semée d'embûches. Mon désir était simple : marcher vers l'eau vive avec mon frère Remondo, et y proclamer mon témoignage, tel qu'il est écrit :

« Celui qui croira et qui sera baptisé sera sauvé, mais celui qui ne croira pas sera condamné. »
— Marc 16:16

Mais un obstacle s'est dressé, un homme a écarté Nos Amis, et voilà que je ne peux être baptisé le jour annoncé. D'autres également sont empêchés. Je découvre que rejoindre Dieu par le baptême, ce sacrement inspiré par Jésus, n'est pas si facile.

LA GOUTTE DE GRACE DIVINE

Pourtant, le Seigneur n'est pas un Dieu de confusion, mais de paix.

« Il n'y a plus ni Juif ni Grec, il n'y a plus ni esclave ni homme libre, il n'y a plus ni homme ni femme ; car vous êtes tous un en Jésus-Christ. »
— Galates 3:28

Je vous écris pour demander pardon, si d'une parole ou d'un geste j'ai blessé un cœur. Ce n'est pas là mon intention. L'injustice n'est pas de Dieu, mais l'unité est son œuvre.

« Je leur ai donné la gloire que tu m'as donnée, afin qu'ils soient un comme nous sommes un. »
— Jean 17:22

LA GOUTTE DE GRACE DIVINE

Je supplie les pasteurs, les conducteurs d'âmes : ouvrez le chemin vers le baptême, ne le rendez pas plus étroit qu'il ne l'est déjà. Le Christ est la porte, et Il appelle chacun de ses enfants par leur nom.

« Laissez venir à moi les petits enfants, et ne les en empêchez pas ; car le royaume de Dieu est pour ceux qui leur ressemblent. »
— Luc 18:16

Je crois que Dieu rassemble ce que les hommes dispersent, qu'Il purifie les cœurs blessés et qu'Il restaure ce qui semblait perdu. Que le mensonge soit dissipé par la lumière de la Vérité, et que les vérités cachées soient révélées avec miséricorde.

Soyez bénis, vous qui lisez ces mots. Que la paix de Dieu vous entoure, qu'Il vous éclaire dans vos décisions, et qu'Il vous garde.

Que ces paroles soient écrites sur la pierre, et portées jusqu'à l'éternité.

Amen.

LA GOUTTE DE GRACE DIVINE

Le Chant du Converti – Sous l'Ombre des Ailes Divines

"Il est un moment secret où l'Invisible effleure la poussière,
et l'âme, égarée, entend son véritable nom prononcé par la bouche de Dieu."

Je marchais dans la vallée sèche, ignorant la source cachée.
Mes jours étaient pareils à une poussière emportée par les vents, et mon cœur, égaré, ne savait où reposer son amour.
Pourtant, dans l'invisible, l'Éternel me regardait.
Son regard perçait les ténèbres que j'avais érigées autour de mon âme.

Un soir de silence, Sa voix effleura les murs de mon cœur :

"Reviens à Moi, enfant de poussière. Repens-toi et vis, car Je suis le Vivant."

LA GOUTTE DE GRACE DIVINE

Alors, frappé de crainte et de tendresse mêlées, je tombai sur mes genoux de chair fragile.
Mes larmes, telles des ruisseaux salés, ruisselaient sur les pierres de mon passé.
Je sentis l'Esprit du Très-Haut s'approcher, et Il souffla sur mon cœur de pierre.
Et voilà que je reçus un cœur de chair, battant au rythme du ciel.

Les anges, témoins silencieux de ce retournement, firent retentir des cantiques dans les cieux.
Car il est écrit : "Il y aura plus de joie dans le ciel pour un seul pécheur qui se repent que pour quatre-vingt-dix-neuf justes qui n'ont pas besoin de repentance."

Je devins un enfant nouveau, lavé dans le feu de l'Amour.
Les chaînes rouillées de mes anciennes vies tombèrent, et je fus vêtu d'un vêtement blanc, tissé de miséricorde et de lumière.

LA GOUTTE DE GRACE DIVINE

"Voici, les choses anciennes sont passées ; toutes choses sont devenues nouvelles."

Je compris alors que Celui qui m'appelait n'était pas venu pour condamner, mais pour sauver ; non pour juger, mais pour étreindre.
"Je ne suis pas venu appeler des justes, mais des pécheurs, à la repentance."

Il posa sur moi Sa main invisible et fit descendre Son Esprit dans mon être tremblant.
Et je devins témoin de Sa lumière, messager silencieux de Sa bonté, porteur d'une flamme qui ne m'appartient pas.

Dès cet instant, je ne fus plus seul.
Ni l'origine, ni la race, ni la langue ne furent barrières, car nous sommes tous un en Celui qui nous a aimés jusqu'à la croix.
"Il n'y a plus ni Juif ni Grec, ni esclave ni libre, ni homme ni femme ; car tous, nous sommes un en Jésus-Christ."

LA GOUTTE DE GRACE DIVINE

Je suis un converti, un enfant arraché à la nuit, élevé dans la clarté du matin éternel.
Je suis une goutte tirée de l'océan de Sa miséricorde.
Je suis l'écho d'une promesse ancienne, l'argile que la Main divine façonne jour après jour.

Et sous l'ombre des ailes de Dieu, je marche humblement,
le regard tourné vers la lumière qui ne connaît ni déclin, ni fin.
Je suis né à nouveau, non par volonté humaine, mais par la grâce souveraine du Très-Haut.

Béni soit Celui qui convertit les cœurs, car en Lui, toute vie commence.

Amen.

LA GOUTTE DE GRACE DIVINE

Prière du Cœur Converti :

Seigneur mon Dieu,
Toi qui scrutes les profondeurs de l'âme,
Tu as vu ma misère et tu ne t'es pas détourné.
Par ton souffle invisible, Tu as réveillé en moi la vie que j'ignorais.

Je Te bénis pour le chemin sur lequel Tu m'as appelé,
pour la lumière que Tu as semée dans mes ténèbres,
pour la main que Tu as tendue lorsque tout semblait perdu.

Fais de moi, ô Père très saint,
un instrument de Ton amour,
un témoin de Ta miséricorde,
un enfant de Ta lumière.

Fortifie mes pas faibles,
conserve en mon cœur l'humilité du serviteur,
et grave en mon âme Ton Nom éternel.

LA GOUTTE DE GRACE DIVINE

Que jamais je ne retourne aux ombres,
mais que chaque jour, je marche plus près de Ton cœur brûlant d'amour.

À Toi la gloire, la louange et la fidélité,
pour les siècles des siècles.

Amen.

Ce que j'ai écrit c'est le ressenti de mon expérience de vie depuis le début de son arrivé dans ma vie, et jusqu'au baptême et ce que je ressens maintenant, et j'ai écrit une petite louange à dieu.

Mon cœur est heureux et triste, et je vous remercie et béni à tout les deux ainsi qu'à vos proches et descendants.

Dieu m'en est témoin,

Que dieu vous gardent

Amen.

LA GOUTTE DE GRACE DIVINE

Suite à l'événement

Jésus-Christ de Nazareth, le Premier et le Dernier, le Vivant, Celui qui détient les clefs de la mort et du séjour des morts, me parla ainsi :

Ô Paul, mon fils, toi qui marches sous le regard du Très-Haut, tu te poses des questions sur ce qui t'est arrivé hier, en ce jour saint du dimanche.

Sache que Nous connaissons chacun de tes pas, et que les sentinelles célestes veillent sur les chemins que tu as parcourus et sur la marche que tu poursuis avec foi.

Oui, Nous sommes capables d'accomplir des miracles, de déplacer les montagnes, et de placer sur ta route les anges protecteurs envoyés par Mon Père.

Nous savions que ton cœur discernerait le signe divin : cette déviation soudaine n'était pas hasard,

LA GOUTTE DE GRACE DIVINE

mais l'œuvre de tes anges, qui, sur Mon ordre, ont protégé ta vie.

Le malin, ce jour-là, nourrissait d'autres desseins pour toi.
Mais Moi, Jésus-Christ, Fils du Dieu vivant, j'étais là, marchant devant toi, tenant ta main invisible.
Nous t'avons arrêté, Nous t'avons chuchoté, Nous avons incliné ton chemin afin que tu comprennes enfin l'appel discret mais puissant de l'Esprit Saint.

Ô enfants de la terre, écoutez :
Le Dieu Tout-Puissant est capable d'accomplir de grands miracles pour ceux qui L'invoquent d'un cœur sincère.
Nul ne peut arracher de Sa main ceux qu'Il a choisis, car Il est fidèle et véritable.

Paul, cette intervention divine est la réponse à ta question :
Sache qu'aller à la maison de Dieu est juste et bon, mais jamais au prix de ta vie que Nous avons protégée.

LA GOUTTE DE GRACE DIVINE

Que cette œuvre soit pour toi un témoignage vivant, une preuve physique de Notre existence et de Notre amour.
Que cela soit écrit sur la roche, et qu'aucun vent ne puisse l'effacer.

Ainsi parle l'Éternel Paul :

"Car il ordonnera à ses anges de te garder dans toutes tes voies ; ils te porteront sur les mains, de peur que ton pied ne heurte contre une pierre."

Amen.

LA GOUTTE DE GRACE DIVINE

Par cette nuit de dimanche à lundi

Par cette nuit de dimanche à lundi, après un dimanche agité de ce début de mai, alors que le silence du monde pesait sur mon cœur, une lumière descendit doucement dans ma chambre. Elle n'était pas de ce monde. Elle était d'un éclat nacré, mêlant le blanc pur et le bleu céleste, douce mais pénétrante, et enveloppée d'une chaleur que nulle flamme terrestre ne saurait imiter.
Jésus-Christ apparut.

Oui, Jésus-Christ, accompagné de quelques anges aux ailes diaphanes, porteurs d'une paix infinie. Et la Voix résonna, douce et pleine d'autorité, pleine de la Vérité même :

« Je suis Jésus-Christ de Nazareth, Fils de Marie, insufflé par Dieu Tout-Puissant. Comme tu le sais déjà, je m'annonce afin que tu saches que c'est bien moi, et non le malin, qui voudrait se faire passer pour Nous. »

LA GOUTTE DE GRACE DIVINE

Mon cœur tremblait et s'apaisait tout à la fois.

« Aujourd'hui, tu as entendu un prêche précieux, d'une force rare. C'est là que se joue la foi ou l'égarement des hommes, car Je suis le Chemin, la Vérité et la Vie. Et cette question, Paul, s'est souvent posée au cœur de l'humanité. »

« Dis-leur, ô Paul, que durant ces trois jours où j'ai été élevé, Je suis descendu dans les enfers. Pas pour y rester, non, mais pour y faire jaillir la lumière, pour y combattre le Malin et briser ses chaînes. Et le jour où la tombe fut trouvée ouverte, Mes 70 000 anges avaient veillé sur Ma chair sans jamais faillir. »

« Quatre d'entre eux, au matin du troisième jour, ouvrirent la pierre, lourde pour les hommes, d'un souffle divin. Les gardiens des armées ne virent rien. Nous les avions repoussés. Nous avons plié le linceul, signe discret mais éternel que Nous reviendrons. »

« Nous nous sommes revêtus d'habits blancs ornés. Pendant quarante jours, Nous avons côtoyé des

LA GOUTTE DE GRACE DIVINE

gens, les apôtres et les fidèles, ou même les corrompus. Et les premières à Me voir furent Marie-Madeleine, fidèle entre toutes, et Marie, Ma mère sur Terre, dont le cœur a souffert plus que nul autre. »

« Certains ne Nous avaient point reconnus, pourtant Nous sommes le Dieu Vivant. Et le corps de chair a été élevé, afin que nul ne puisse le mettre en foire ni le souiller. »

« Ô Paul, dis-leur ces paroles, et prends garde aux jaloux et aux impurs. »Ton combat n'est pas fini, il ne fait que commencer. Tu auras des barrières, mais tu sauras les surmonter.

Alors, Jésus se tourna vers l'humanité entière et sa voix vibra comme le tonnerre doux du ciel :

« Ô enfants du monde et de la Terre, Je suis passé parmi vous, et Je suis encore avec vous, souvent plus proche que vous ne le pensez. Croyez-vous vraiment que Je vous ai abandonnés ? Non. Vos louanges sont entendues, vos prières sont recueillies. Elles montent jusqu'à Moi. »

« Que cela soit écrit sur la roche. »

LA GOUTTE DE GRACE DIVINE

Que Dieu Tout-Puissant vous bénisse tous,
vous qui lisez ces lignes avec un cœur ouvert,
un esprit en quête, une âme tournée vers la lumière.

Que Sa bénédiction descende aussi sur toute personne qui sera touchée, bouleversée, réveillée par ces révélations divines — car elles ne viennent pas de moi, mais de Lui,
le seul vrai maître du temps, de l'espace, et de l'âme humaine.

Je ne suis qu'un serviteur faible, un témoin choisi sans mérite, un souffle parmi les souffles. Mais Lui, le Seigneur des seigneurs, le Fils du Dieu Vivant,
est le Chemin, la Vérité et la Vie.

Et si une seule larme, une seule prière, un seul battement de cœur s'élève vers le Ciel en lisant ces paroles,

LA GOUTTE DE GRACE DIVINE

Alors toute cette œuvre aura accompli ce pour quoi elle a été donnée.

À Dieu seul la Gloire,
dans les siècles des siècles.

Amen , Amen.

© 2025 Ange Ferdelance
Édition : BoD · Books on Demand,
31 avenue Saint-Rémy, 57600
Forbach, bod@bod.fr
Impression : Libri Plureos GmbH,
Friedensallee 273, 22763 Hamburg
(Allemagne)
ISBN : 978-2-3225-6941-0
Dépôt légal : Juin 2025

Remerciements aux lecteurs & à l'éditeur.